爱情故事

张佳玮 著

华东师范大学出版社

再 版 记

人类历史上，已经有太多爱情故事了。作为一个读者，自己也写东西，大概也知道一个典型的爱情故事该怎么写：

大多数故事的主角，总需要克服一定的压力，从某个平衡达到另一个平衡。若是爱情故事，则可以有许多模式。例如，王子与公主从不在一起到最终在一起了，天长地久：这是传统童话。灰姑娘与王子、穷小子和公主在一起了：这是浪漫传奇。灰姑娘被王子看上、穷小子得到公主之爱后，回头发现了自己的平凡真爱：这是最无可挑剔的故事，跨越障碍、克服压力、回归质朴。

实际上，我们在日常生活中，试图举例真爱时，常喜欢借虚构的爱情故事为例，对身边茫茫人海中太多寻常夫妻的爱情的例子，似乎重视得不够。细想来，大概是，我们已经被历来传颂的爱情故事，那些典型的浪漫传奇给宠坏了。总觉得，得符合一定的规格——纯美典雅、浪漫跌宕、如梦似幻——才算个合格的爱情故事？

老舍先生在《骆驼祥子》里说过句嘲讽之语，大意是：穷人没法算计爱情，情种都生在大富之家。大概对喜好浪漫传奇的人们而言，爱情必须发生在云端吧？张爱玲从另一个角度提供了个意见：在《倾城之恋》里，男女主角彼此算计着，直到患难之际才见了真情——那感情到最后也一点都不纯粹，但到底是爱情。

有没有这么种可能：世上的爱情，并不止一种模式呢？可能没多么浪漫的开端、跌宕的过程、复杂的因由，只是时间长久、相处融洽之后，自然有血肉连心的爱情产生。就像世上的植物，并不都产在温室里。灵芝可以出自山崖，莲花可以出自淤泥，不妨碍最后的美丽。

甚至不一定要美丽，只要能成长下去，就好了。

故事这个词，如果咬文嚼字一点，并非浪漫传说，而是过往发生之事。

这本书试图描述的，就是一个我所能确知的，不一定多么传奇，但对我有绝大影响的，爱情故事。我唯一能保证的是，无论爱情还是故事，都是真诚的。

张佳玮
2019年6月20日

目录

秋 天 ———— 001

冬 天 ———— 047

春 天 ———— 083

夏 天 ———— 128

后 记 ———— 164

秋 天

他说：到春天来着，花也开了，河里的水清清爽爽，有鸭，有鹅，有花鲢鱼。花鲢鱼做成了鱼头汤，味道好。到那辰光，再到乡下，来看看好了。

姑娘侧头看着小伙子，说：好的呀。

前一晌，小伙子正说道：我呀，是从乡下上来城里的。

往前一晌，他在问姑娘：要不要吃杯茶？等你的裤脚管干透，怕还要一歇儿。

再往前一晌，小伙子正与楼上的大伯、租书摊的阿姨齐声朝姑娘喊：

啊呀当心！

以后，姑娘会想起那处地形，说道那地方，乃是个仓库。仓库面河岸坐着，有风时河上波光碎碎流淌，天晴时河面蓝碧平整，船浮游往来，如行空中；仓库敞着胸，胸襟是两扇推拉起来便支楞楞响的大铁门；仓库的左肩有小卖部与馓子铺，左胳膊是桥，胳膊上走着人与自行车；仓库的右胳膊，一楼是个租书摊，刷着绿漆，朝街敞着门，门口大木框架上，晒着一本本书，看摊的阿姨，尖着嘴，架着二郎腿，打着棕红的毛衣，偶尔抬头换换腿，翘兰花指，撩一撩毛线；租书摊二楼，就是仓库的右肩，住一户人家；大伯大婶，夫妻二人，平日里闷在屋里炒瓜子，屋外平台，就是仓库的肩膀头上，一圈周遭，摆了许多盆花；仓库的右肩膀上没遮拦，花盆就构成了栏杆。大伯不爱在屋里闷着，在屋里劳作一会儿，便推说要浇花，跨步出来，在平台上溜达，伸臂抡腿，直腰望远，阿婶稍不注意，阿伯的手便摸到水壶把，提起来，去平台沿上，浇一浇花。大婶在屋里，一边拣瓜子——不饱满的瓜子炒着不香——一边嚷：

你不要浇着浇着花，跌下去；花倒活着，人死了！

大伯那天也是高兴：他使一个红色旧塑料桶，扎了一圈孔，装满了水，代替原来的小喷壶，水量丰足，浇着新开的菊花，见阳光落在秋菊碎长花瓣上，金得眼睛发暖。正在志得意满，岂料分量不对，旧桶新使法，手生疏，沿着平台边上浇花的手腕子不由一斜，一簇水跌下楼来，砸到了姑娘正踩着自行车脚踏的左裤脚。说是裤脚，其实姑娘左膝以下，连鞋子带袜，都湿透了。姑娘、租书摊的阿姨、楼上的大伯都吃了一惊，加上仓库门房里的小伙，大家一起叫出来：

　　啊呀当心！

小伙子说：阿伯你不要下楼来了，我这里带她到门房坐坐！你不要在阳台边上站着！

小伙子说：别急，别怕。自行车就停在门房边上吧，没人偷的，阿姨看着呢。

小伙子说：我这里有双棉拖鞋，你先穿着吧？

小伙子说：鞋子袜子，我放在煤球炉边烘着；你也可以坐近些，靠近煤球炉了，裤脚干得比较快。

小伙子说：要不要吃杯茶？等裤脚管干透，还要一歇儿。

小伙子说：我呀？我是从乡下上来城里的，刚来。

姑娘上下打量，不太相信。小伙子个儿不算高，和她差不多；容貌清秀，大眼睛，鼻梁很直，看着机灵，只额上略有抬头纹，鬓角有些少白头；穿件蓝衬衣，一条黑裤子，戴着个旧手表。门房墙上，斜着一辆旧金狮牌自行车，也是干干净净，就是左边的车把掉了。

姑娘想：乡下人，不该是这样的呀。

但她还是说：好的呀。

小伙子抬腕看了看手表，让姑娘先坐一会儿，他要去接一个人：

如果好了,你自己先走就好,走的时候,带上门呀!

姑娘就看着他推着车,出了门房,姑娘看见有挑扁担的乡下人,正低头过马路,姑娘听见一串铃声断了线,在秋日阳光下明亮亮地滚动了出去。那铃声滑过了小卖部门前、滑过修自行车的年轻人脚边,滑过一路卖油馓子铺、扫地的大姐、坐在门口抽烟的电影院放映员。姑娘看他骑车到桥边,拐个弯。再眨一次眼,他就没了,铃声还在阳光下,圆溜溜,明亮亮地,溜达着。

姑娘坐着不动,打量门房里:一张桌子,两张椅子,靠墙放着张行军床。桌上放着几本书,一个台历,一支钢笔,两支铅笔,一叠文件。她坐着,才觉出左腿湿裤脚,凉起来了。她想:可不能走,得等裤脚干了才好。

等裤脚干了,她看着门房外地上,秋日西下的透明阳光,想:可不能走,得等鞋子干了才好。
等鞋子干了,她看着门房外地上,颜色变浓变暗的阳光,想:可不能走,得跟人家说一声才好。

门房里暗了一下,她抬头,看见浇花大伯过意不去的脸:

对不起对不起,刚刚真是不当心。你的裤脚管干了没有?我这搭儿有新炒好的瓜子,你吃吃;甜是不甜,香是蛮香的!

姑娘觉得,自己仿佛做了什么坏事,刚被发现了似的。便跳起来,急急忙忙,脱了棉拖鞋,开始穿袜子鞋子:

干了,干了,我这就要走了。阿伯,你跟那个阿哥说一声,说我走了!

姑娘骑上她的黑色旧凤凰自行车,回家路上,想着适才一溜满地滚、明亮亮的铃声,手痒痒,总想着怎么捺一下车铃才好。大拇指悬着,将捺不捺,到底也没有捺下去。见着蛤蟆庙了,见着养鸡场了,见到养鸡场边的桥了——他们都叫那桥做鸡场桥——过了桥,见到小卖部的"烟九江由昔"招牌了,见到小卖部老板眯着眼睛一个字一个字出声音地读晚报了,见到晾衣服天台了,见到家门前那一丛桃花树了。车轮踩着井盖儿响,隔着窗闻见妈蒸糕的香。姑娘就下了车,把车子贴墙停着。门前平地上,藤椅里的隔壁阿公,正听着半导体里的《珍珠塔》呢,就跟她打个招呼:

啊呀,转来啦?

姑娘嗯了一声,笑了笑,就进了家门。门厅里,大木床上的外婆,见了她就问:转来啦?

姑娘嗯了一声,走过去,蹲下来,让外婆摸了摸头发,就笑了笑,起身进了厨房去,问:妈,要帮忙?

妈说:等你帮上忙,人也饿杀哉。你拿这盘菊花糕,先进去吧。

菊花糕是那个地方,秋天惯吃的时令米糕,名不副实,并没菊花,只是在菊花开的时候,用米粉、糖和枣子,蒸成的糕。最讲究的人家做这糕,用的是枣泥和米粉,穷人家不讲排场,只取个甜口,就使米粉和糖。姑娘家的米粉糕,是米粉和糖做的方方正正一块,只每个顶端,镶一颗枣。姑娘端起盘来,过走廊,进大间儿——大间儿里有张柔韧的大棕绷床,是妈和后爸睡的;一张小木板床,是公主睡的;一个沙发,是姑娘睡的;一个小竹铺,弟弟睡的;竹铺和沙发之间,支得起一张餐桌,盘子就放在餐桌上——放下盘子,姑娘又回厨房里,问:

妈,乡下人好不好?

妈说：有的好，有的不好——这盘子绿豆芽，你端进去！

吃饭的时候，后爸爸边皱着眉头，伸出筷子夹块菊花糕，边说：乡下人有什么好？不好！

吃饭的时候，姑娘的亲爸爸皱着眉头，在墙上的遗像框里，看着他二十四岁的女儿，他在那儿呆了也有十八年了。亲爸爸脸瘦长清癯，后爸爸脸端正肥胖。姑娘和弟弟，容貌都随亲爸爸，后爸爸有时生气，就会说：
你们一家，连死带活，四个人八只眼睛看着我！

后爸爸的生气，没什么征兆。逢到这时候，妈妈也没办法，只好叹着气，说：算了，算了。
比如这一天，妈妈就只好说：不说乡下人了，不说了。

妈妈会打牌，会缝裤子，会编蒲扇子，会种花，会养鸡鸭鹅猫狗，会编篮子，会生煤球炉，会用一口他人听不懂的方言，吵架一小时不累，二小时不渴，吵了三小时，还能一脚踢躺下个"不要脸来跟我抢晾衣绳"的老太婆。但她到底是个寡妇，十八年前丈夫死了，寡妇养不活六岁的姑娘和

那时刚一岁的弟弟。寡妇去找媒婆,媒婆唇舌如笔,口水如墨,就画出个男人来:

"在局里有工作","有钞票的","刚刚离了婚——但是你也死了老公了呀!"

那个男人,看妈妈长得清秀,也没想到多年之后,妈妈会胖得像辆公共汽车,就娶了妈妈,当了姑娘和弟弟的后爸。后爸还带来个女儿,人挺好,只不太肯动,不知道是懒还是笨,每天中午才起床,日落就躺下,喜欢眨巴着眼睛,嗑瓜子吃花生。

后爸觉得,亲生女儿这是公主命,既然如此,就得有女佣人伺候,有个男佣人更像样子。后爸看看姑娘和她弟弟,哼,虽然手脚笨点,毕竟吃家里喝家里,理当听候调遣,拿来使唤,这个在《红楼梦》里,叫做"令行禁止",公主呢,就叫做"富贵闲人"。所以呢,炖鸡汤,公主就该吃鸡腿,姑娘和弟弟分着吃鸡脖子和爪子。熬鱼汤,公主就要吃鱼肉,姑娘和弟弟啃鱼头和鱼尾。馒头,公主女儿吃肉包子,姑娘和弟弟吃白面花卷。谁说白面花卷淡的?蘸点儿腐乳,不就好了?

这种时候,姑娘就把鸡脖子上丝缕的肉、鸡爪的掌筋、抹匀了腐乳的花卷,收拾好了,给弟弟吃,看弟弟吃得打嗝,直着脖子喘气,姑娘就叹一口气,抿起嘴来。妈妈看了,抹抹眼角,打个嗨声。

弟弟本来,性子一如年糕,白软糯闷,搓圆按扁,随意使唤。后来有一天起雾,他伸着脖子张着嘴,四处望着出了门,撞了门口桃树,鼻子差点吃进嘴里去。妈妈这才发现不对:儿子的近视眼到了足以让他自残的地步啦,得配眼镜!眼镜并不便宜,后爸爸对此不太满意:

又不是要当飞行员!

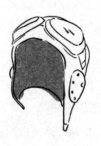

戴上眼镜看清楚世界后,弟弟的脾气被打开了盖子,忽然变暴。比如,哪一天被后爸欺负了,他张口就敢骂。后爸气满胸膛,面颊烧起来:我不养你,你长这么大?弟弟眼镜闪得像手电筒:你养我吗?吃鸡脖子,吃鱼头,啃肉骨头,你就是养了条狗!狗都比我惬意!

架吵到双方都下不来台时,弟弟就把眼镜布塞进眼镜盒,眼镜盒揣进怀里,拿几本书塞进书包,书包一扬负在肩上,鼻里出着气,就出门去了。到了门口,他还会吼一声:
我这就去美国!再也不回来了!

到了这时,外婆还莫名其妙:她年纪大了,耳朵背,听不懂争执;姑娘看着妈妈,妈妈就熟练地叹一口气,走进厨房。打两个鸡蛋,坠在碗里的面粉上,加点水,拌,加点盐,加点糖。直到面、鸡蛋、盐、糖勾兑好了感情,像鸡蛋那样能流、能坠、能在碗里滑了,就洒一把葱。倒油在锅里,转一圈,起火。看着葱都沉没到面里头了,把面粉碗绕着圈倒进锅里,铺满锅底。一会儿,有一面煎微黄、有滋滋声、有面香了,她就把面翻个儿。等两面都煎黄略黑、泛甜焦香时,她把饼起锅,想了想,再洒上一点儿白糖。糖落在热饼上,会变成甜味的云。这时候抬头看,准能看见弟弟靠着厨房门边儿站着,右手食指挠嘴角,嘴一会儿耷拉成个月牙,一会儿抿成条直线。

妈妈就会说:吃吧。弟弟便溜着墙进来,捧着一碗面饼,拿双筷子,坐到门边吃去了。

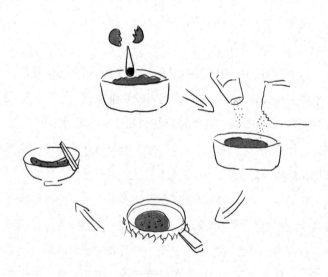

姑娘上完了高中，去厂里工作了：她顶的是亲爸爸的班，成了个纺织工人，踏缝纫机飞针走线。后爸觉得：姑娘去上班了，自己的公主少了个女佣人，已经够委屈了；姑娘上了班，居然开始有钱买东西了，真是威胁自己在家里的领导地位。后爸一眼一眼，都瞧在心里，扒拉着算盘珠：这丫头，能买雪花膏了，能买丝巾了，能买皮鞋了！居然还瞒着家里，跟厂里的领导商量，推回来了辆二手的凤凰自行车！这是先斩后奏啊！她简直要翻天！回头看看，公主女儿还是眨巴着眼，嗑着瓜子，找不到工作。后爸按不下这口气，就四处找朋友去。

朋友们在许多事上很痛快：请吃鲜溜溜的螺蛳，请喝甜津津的黄酒，不在话下。送后爸一盒越剧《红楼梦》的磁带，小事一桩。可是，哎呀说起这个工作啊，咳咳，啊哼啊哼，这个，哎呀，那个，怎么说呢，就是说，那什么，嗯，就是，你也晓得的嘛……

回家路上，后爸一边从耳朵里，往外掏这些咳咳哎呀啊哼啊哼，一边气得肚子鼓起来。这时候，他觉得肚里的螺蛳也不好吃，咸；黄酒也不好喝，酸；朋友们都是坏家伙，不干不脆，不肯帮忙！蛤蟆庙关着门，养鸡场真臭，桃花树真丑,你们这个小卖部,连个"烟酒酱油醋"都能写成"烟九江由昔",亏你个老板还看晚报!没文化啊,没文化!来包香烟!!

抽完了一支香烟,后爸把吸进肚里的烟雾盘桓出一套新烟幕。他和颜悦色,去跟姑娘说:

你呀,有手艺,该回家来,做做针线,踏踏缝纫机,帮邻居家缝缝补补,这样也可以挣钱,让你姐姐——那个公主——去顶了你的班,这样,家里就是两份工资啦!

姑娘巧舌如簧地说:我是顶我爸爸当年的班,这个是厂里给的福利;我要是不干了,这岗位也就没有了。厂里好多人都在等我这个岗位出缺呢,真是没法让!

跟后爸谈完了,姑娘一回头,立刻便和厂里的领导通了气。领导们都很喜欢她。卖自行车给她的书记,因为价格合适,又没费口舌,更加觉得这姑娘爽快洒脱,不可多得。于是,面对着摸到厂里、坐到书记桌对面,笑眯眯递上香烟的后爸,书记一脸的正经八百,好像要拍证件照:

啊谢谢不抽不抽。嗯,这个岗位么,是厂里的规定,啊!不是我们能定的,啊!目前,这个岗位,还是只能给她一个人,啊!

有了这些是非,便不难猜测了:后爸不一定真的讨厌乡下人,他就是想让姑娘生气;所以,在那天吃晚饭时,他说:乡下人有什么好?不好!

姑娘想:乡下人好不好,先不去管了,还是得去看一看那个乡下小伙子。

她上班时,踏着机器,就在想:出了厂子门,绕过荷花池塘,就能上桥;过了桥,绕一个月亮弯,就能到桥下运河边,那条马路上啦。

她在车间之间帮着搬布料和纱锭，就在想：到了桥下运河那条路，左手边是运河岸，河上有许多驳船，船上人家，就在甲板上摆桌凳，吃红烧鱼肉拌米饭；要吃水果和蔬菜，就跟岸边卖水果的喊一声，他们扔钱过来，水果贩子就扔水果、包心菜过去，溜达的闲人看着喝彩。右手路边是个电影院，电影放映员闲时就出门，在电影院旁的烟酒铺，和卖烟的人聊天，蹭烟抽。烟酒铺柜台上老是拆开着一两包烟，谁过去都能点一支抽，再往耳朵上顺一支。烟酒铺过去是馄饨包子店，那里一片雾腾腾，常有人站在门口，擦眼镜上的水气。

她在食堂时，捧着搪瓷饭盆，吃着黄豆芽和面筋塞肉，想：再过去是浴室。没进去过，但知道里面人好多，经常有人掀起大被子一样厚的门帘，跑到烟酒铺买烟，去馄饨店要碗馄饨，去给浴室客人吃。再过去是五金店，老板总是坐在门口和人下象棋，边下边拍膝盖：（用方言）我来一个（立刻改用普通话）当头炮！

再过去，是桥，是卖油馓子的摊子，摊主也卖麻花。小孩子午饭时喜欢吃油馓子，咔嚓咔嚓，吃得满地碎金，扫地的阿姐回头看见，摇头叹气。再过去是个修自行车的——再过去，就是小卖部，然后就是那个仓库了，那里头空场上，有许多油亮发蓝的大卡车。

　　吃完午饭,姑娘就请了假,溜了出来。骑车在路上时,想:但是,我不要管仓库空场上的大汽车,我就是想去仓库门房看一看,不知道他看见我,会说什么话,我该说什么呢?——哎呀,我现在不要想这个。我先要按一按车铃,虽然路上没什么人。

　　姑娘并没猜到,她到了地方顺下自行车,会发现门房关着;她朝门房窗口张了张,里头没人;姑娘愣住了,然后,她听见背后一声高高的嗓门:他在楼上的办公室!
　　姑娘回头,看见大伯手拎着红水桶,站在阳光里,对她笑着,又挥手指了指:二楼!——姑娘,要不要瓜子?我这搭儿有新炒好的瓜子,你吃吃;甜是不甜,香是蛮香的!

　　楼下租书铺的阿姨抬手撩着毛线,头都不抬的说:年轻人的事,你个老头子不要管!——书看完了放这里。
　　楼上的阿婶尖声叫道:你不要浇着浇着花,跌下去,花倒活着,人死了!

二楼办公室不少。姑娘就一个办公室一个办公室扫过去——办公室都是空的——临了,在二楼一个靠街的办公室,看到了小伙子。他坐在窗口,右手翻着本旧书就着阳光读,左手拿个玻璃杯喝茶。姑娘就敲窗户,小伙子抬头,见是她,笑了:哎呀!

姑娘被让进了办公室,坐下,看了看四周,问:仓库就你一个人啊?

是呢。

为什么呢?

看仓库,一个人也够了。

你住哪里?

住门房间,住办公室,这么多房子,很宽敞。天天晚上可以换房间住。

苦不苦呢?

倒是不苦。很宽敞啊。

怕不怕呀,夜半晌?

不怕,城里都很亮堂。我们乡下,夜里倒是很黑的——你吃了午饭没有?

姑娘想了想,说:没有。

那我们去吃午饭吧！我有小兄弟在店里了，不用排队！

在去吃午饭的路上，姑娘已经了解了小伙子一些其他的事。比如：他是乡下来的（姑娘说：这个你说过了！）。比如：他读完了高中，就进了城，在进出口外贸公司做事情，一边读夜校进修（姑娘说：我也在读夜校，学会计！）。比如：他在单位里不懂人情，得罪了人，就被上面派来看仓库了（姑娘说：啊呀！上面的人真是坏！）。比如：他觉得看仓库也不坏，人少，安静，工资和粮票照拿。这地方，可以看看书，可以吹吹笛子。闲了找人打牌，也没事（姑娘说：你还会吹笛子啊？那你会不会开大卡车呢？）。比如：夏天回乡下看母亲时，他母亲说，梦见他会遇到个金凤凰，喏，就是凤凰牌自行车的那种凤凰，那个凤凰还会打喷嚏，一个喷嚏就把她打醒了（姑娘说：啊，这样啊……）。

他们俩沿路走时，扫地的阿姐停下扫帚、压住烟尘，一边收拾蓝色袖套，一边笑着打量他们；修自行车的年轻人，笑眯眯地看他们，脑袋转了小半圈，又继续低头擦内胎、哼《浏阳河》。靠岸的驳船，船上人家大叔坐在圆凳上，一嘴的鱼肉拌米饭还没嚼下去，含糊不清，喝着船头船尾跑的孩子：

再跑,一跤跌下河去,淹死你个小瘪三!

秋天的阳光在头顶,配着水声粼粼,一路护着他们到了馄饨店。店里角落有一桌,木头旧了,擦得油亮亮泛黄,围坐着三个青年,见了小伙子,一起举手招呼。小伙子就指了指:我小兄弟们。

接着就听见了吵架声。

馄饨店,惯例是大家付钱拿票,排队去窗口领汤包笼屉。这当口,窗口有两人正在争:原来刚蒸出来十笼汤包,剩最后一笼了。下一屉蒸出来,还得好一会儿。于是:

一个矮个少年说:明明我先,你怎么插队?
他对面的大个子扛着肘子说:我是帮单位里买的,我急着!你靠后一点!

为什么我靠后点?有先来后到没有?
我这里人多,你才几个?

俩人吵起来,窗口师傅眨巴着眼,不知道怎么办,一群午休的闲人,站着脚围观,帮些等于没说的闲腔。小伙子看了看那俩人,又看了看他那桌朋友,就大步走到大个子面前,拍拍他的肩:
你怎么在这里?单位里有事,快出来!

大个子一愣,回头看了看小伙子,又打量了他一下,小伙子催了句:会计要找你,粮票的事。

大个子一听着了急，跟了出去——姑娘站在原地，不知道该怎么办。她便看着小伙子带着大个子走了，便看着矮个少年端走了最后一屉包子，端到了小伙子"我小兄弟们"那桌上，便看着人群发出不太满意的，"怎么没打起来"的吁气声，纷纷散了。她想了想，还是跟出了店门。

恰好就看见，大个子在门口出去七八步远，岔腿站着，涨红着脸生气：你搞啥么事儿？

小伙子轻松地微笑着，阳光落在脸上，像他手表表面似的亮：我说，我刚才哄你呢，我也不认得你，也不晓得你什么单位的。我就是把你哄出来。

说完，他就把大个子扔下，进店门，顺手拉一把门口姑娘的袖子，到"我小兄弟们"那桌落座——几个青年已经聪明伶俐地把笼里包子清空了，一边嘴里嚯嚯连声，一边乐滋滋的，眨着眼闪着眉，看着跟进来的大个子，笑眯眯的：
吃快了，就是烫！

大个子气得跳脚，小伙子提醒他：隔壁有卖梅花糕的，要不要带些回去吃？

等大个子一路火车似地扑突扑突冒烟，走得远了，姑娘可还没完全反应过来。这当口，小伙子那些兄弟们，忽然又变戏法似的，从桌边摸出一碟藏好的包子来，连一碟带姜末的醋，递给小伙子：阿哥吃！——然后一起看看姑娘——阿姐吃！

在那地方，家里包馄饨，惯例是菜肉馄饨：菜肉馅儿加盐拌停当了，讲究一些的人家，用蒜水姜末蛋液，和得了，和了面切好了皮子、就包馅儿，折得妥当了，馄饨要讲究有角有边的好看。生馄饨用白水煮，滑软香浓，爱蘸醋吃的，还能吃出螃蟹味来。不煮着吃，也可以滋沥沥油煎过，金黄香脆，又能下稀饭，如此买次馄饨，两顿饭不用担心。

可是外头店里的汤馄饨，大大不相同。汤馄饨和小笼汤包，惯例一起卖，仿佛天然搭配。馅料大多逃不出猪肉、榨菜、虾干——这里叫做开洋——蔬菜、葱姜这几样的排列组合。猪肉膏腴，开洋鲜，蔬菜、榨菜丁加点丝缕颗粒的细密口感，煮熟后隔着半透明的皮，呼之欲出，要的是个口才浑成又紧致。好的汤馄饨，用鸡汤、骨头汤，另加蛋皮丝或豆腐干丝，以及紫菜。以汤沐皮，不脱面食本色。好汤煮得皮鲜，一口下去，馅鲜皮润汤浓交相辉映，各得其所的好吃。

汤包呢，讲究皮薄汤浓。那地方做红烧菜，都有甜酱香，汤包也如此：皮子上咬开个口，吸汤、吃肉、嚼面皮，一起下肚。如果有好醋来蘸，更是一绝。吃汤包，汁儿很烫，刺人咽喉，所以一定要轻提慢移、电光火石间，就得吸汤吞馅连带下肚，完全是技术活。

姑娘吃了一个包子，看着小伙子想：

乡下人都吃肉包子，不吃汤包的；他会不会吃呢？

——然后她看见小伙子娴熟地吃了一个，轻轻嘘一口气，姑娘想：

他一定不是乡下人！

虽然已经跟单位请了假，但吃完饭，姑娘觉得自己应该走了，于是她就忽然想起了单位里好像还有许多事，那么下次再见啦。小伙子让她等等，出门去了一会儿，带了个油纸包回来：

带些梅花糕回去吃吧——到家是冷了,蒸一蒸也好吃的。

梅花糕是那个地方的小吃,名不副实,其中并没有梅花:只是发好的面,放进梅花模样的模子里,包了馅儿,蒸好了,用面封顶,面里加上绿红糖丝。这样的梅花糕出来,就像一个五角梅花形的面粉冰淇淋。馅儿,有肉的,有豆沙的,豆沙的居多,取其甜,和绿红汤丝相配。

姑娘就守着蒸笼,蒸着白生生的梅花糕,思绪也跟蒸笼里氤氲的白气似的,飘来飞去,真去捉时,空荡荡的。弟弟有时走进来,抽抽鼻子闻闻,点点头,说:真香。

后爸说:梅花糕有什么好吃?甜的太甜,咸的太咸!吃东西好比做人,要堂堂正正,不要吃那些太甜太咸的东西……

后爸说:不要吃别人的,吃别人的嘴软。不要拿别人的,拿别人的手短。乡下人请你吃东西,有什么好的?

公主吃了一个梅花糕,打着嗝,说:爸爸,以后我们还要吃。

妈妈很安静地吃完,和姑娘一起收拾碗筷。厨房里,两个人并肩洗碗时,妈妈问姑娘:你跟他说起过咱家的情况没有?

没有。

妈妈点了点头。洗完了碗,妈妈用抹布擦擦手,说:他给我们买了六个梅花糕,他这是知道,我们家有六口人呀。

外婆在隔壁说:你们在说什么?你们在跟我说话吗?我听不清爽!

姑娘掏出了一副针织手套,对小伙子说:秋天凉了,你戴着吧。

姑娘四顾河上,问小伙子:哎,你怎么跑到船上来吃饭了?让我好找。

驳船和岸堤间,用一块跳板连着;驳船甲板上摆满了大白菜,中间圆凳上,小伙子端坐笑着,露出上下两排门牙,姑娘注意到他眼尾有笑纹。小伙子指了指船头炉灶边,蹲着看火的那位:

我经常到船上来吃饭,吃船家菜,因为那是我的小兄弟啊,你看!

那位船家少年就端着一碗米饭,绕着白菜垛,走将过来——姑娘认出,是那个排队争吵的矮个少年——笑着说:阿姐!来吃一碗船家饭!不要嫌脏!鱼很新鲜的!岸上菜场都买不到!

他们的船家饭,就是用新网上来鱼,去了内脏,先抹了酒,煎一煎,再加酱油、糖和葱,红烧焖到烂了,鱼汤鱼肉拌了米饭,煨成一锅。甜浓香软,鱼肉瓣儿都碎了。姑娘便也坐在船头,使筷子扒拉着鱼肉饭,稀里呼噜地吃着。船家少年在旁边,念叨着秋天的鱼如何开始瘦了,春天有鱼子的时候鱼肚子如何饱满,鱼子碎沥沥的如何好吃,说这酱油是父亲从老家一路带过来的,自己做的,如何好吃,如何可以拌米饭吃。姑娘吃着吃着,咳了一声,船家少年拍了脑袋,叫声啊呀:

我忘了弄汤了!

就对船舱里一个女子喊一声:
怎么没汤啊?
忘了!
你这个笨婆娘!

于是船家少年就去舱里了,须臾出来,端了碗汤,弯下腰,搁在矮桌上,是猪油渣用热水冲融了,加酱油和葱,滚了一滚,端出来,扑鼻香:

阿姐不要嫌脏,我们这里,叫这个做神仙汤!

姑娘双手端着汤碗,没有调羹,便就着碗沿凑上嘴,咕嘟嘟喝了一气。喝着汤,河上秋风似也不那么凉了,她就挽一挽头发,问:那个阿姐,是你女朋友?

船家少年摇摇头:那是我老婆!

你才多大呀?

我二十一了!

二十一就有老婆?让你们登记吗?

我们也没有登记——可是我们有感情啊。船上人家,岸上的人不管的。

不登记,老婆恼了,吵了,跑了,可怎么办呀?

不是有感情嘛,不会跑,有感情!

正说着,厨下的船娘出来了,踢了船家少年屁股一脚:哪里有感情,哪里有感情,你个不要面皮的!——阿姐,吃个炒鸡蛋!

秋天天色暗得早,河上有了灯火。来往的船,被幽蓝的暮色吞了影踪,只有黄灿灿的灯火漂来漂去。天暗下来,河面从一块一块的碎片,变成一色儿灰蓝。岸边卖炒栗子的、卖熟银杏的、卖茶叶蛋的,都在收摊子。水果贩子将铺地的布收着,拣了剩下三个鸭梨,就问船上:

要鸭梨不要?

船家少年道声好,水果贩子就抛了三个鸭梨来,说:明天一道算钱!

船家少年使手巾把两个鸭梨擦了擦,先递给小伙子和姑娘,姑娘摇摇头,船家少年就把那个梨扔给了舱里的妻子,自己抓起一个,咔刺一声,啃了一口,拍着大腿说:吃完了鸭梨,就应该喝一点黄酒!阿哥,要不要?

小伙子看了看姑娘,说:不要吧。

船家少年又问:阿姐,要不要喝黄酒?一会儿回家,带个白菜回去吧!

小伙子看了看姑娘,说:酒我倒可以陪你喝,但是你阿姐——天也晚了,你还是先回家去吧?

大伯在二楼平台叉着腰，像个将军俯视军队似的，低头看着暮色里即将看不见的菊花，像金子要被收进黑抽屉，正这当儿，姑娘骑着凤凰自行车路过了仓库门口，大伯便道：

姑娘，要不要瓜子？我这搭儿有新炒好的瓜子，你吃吃；甜是不甜，香是蛮香的！

姑娘脚停了踩车镫，想了想，溜出了几米路，停了车，抬了头：好呀！

公主在房间里嗑着瓜子，声音就像鸡啄碎米；姑娘和妈妈则在院子里蹲坐在圆凳上，各自握着一把瓜子嗑，嗑得很慢。院子里有一个没砌完的花圃，两张编好的藤椅，左手边是个竹编鸡笼，右手靠墙掰着锄锨镐和叉衣竿。门后面摆着一溜竹棒，院墙上面，野猫家猫溜达着。姑娘嗑着瓜子，数着星星，数乱了，就对妈妈说：

瓜子不要加香料，是不甜，可是刚炒出来，是很香呵。闻着香，吃着也清爽。

妈妈不说话，只嗑着瓜子，思量着，最后慢慢地说：

可以让他到家里来，但这个时候，还是太急了一些。你到底是个女孩子。

女孩子怎么啦?

女孩子不能急。你看看你呀,已经太急了,这样子,会教他看不起!

他怎么就看不起我啦?他待我好得很。说话好声好气!

人的心不长在嘴上,长在肚皮里面。

你不是老说,乡下人没心眼的吗?

哎呀,反正你不要急。这种事,《红楼梦》都唱了:把真情暂且瞒一番。

母女一时无话了,各自想心事。这时,隔着窗,弟弟说话了:

妈妈,姐姐,你们不要怕,有我在!

妈妈敲敲玻璃窗,说:你么,好好读书!有你在,有你在顶大用场了,嘿!

瓜子嗑到尾声时,大家听见隔壁阿公道:回来啦?介晚?

然后便是后爸瓮声瓮气道:啊,去洗澡了。

后爸进门来,脱下一身秋叶寒气,打着温暖的室内催出的呵欠:值班就是吃力——我去馄饨店旁边的浴室洗澡啦!——哪来的瓜子?

姑娘稳如泰山地说：我给家里买的。姐姐喜欢吃嘛。我还买了垛白菜，秋天啦，要吃煮白菜了，妈妈也说要腌菜心了。

后爸看看公主，公主眉开眼笑：瓜子好吃！不甜，但是老香的，好吃！这个瓜子，吃了口不干！

姑娘掏出一副塑料油瓶改装的自行车把，对小伙子说：你的自行车把坏了，我给你做新的！

姑娘说：你今天倒没有去船上吃午饭，倒是在门房里坐着了。

坐在小伙子对面，跟他下棋的小兄弟——姑娘记得，那天在馄饨店，就是他藏了那碟子小笼包——笑模笑样道：阿姐，真真是，评书里面讲，心灵手巧！又是手套，又是自行车把！——阿哥，这盘再下下去，要好一歇儿，算了吧？咱们和棋，就评书里面讲的，握手言和？

小伙子笑了笑，长身而起，说也好，时间也到了，一会儿有车要出厂，得去门口看着，给帮着叫倒车；请先在门房里坐一会儿。姑娘点点头，就看着小伙子走了。秋天的黄昏凉了起来，棋友小兄弟很识趣的过去把门虚掩上，过来收棋子。

姑娘问：

你们为什么要叫他阿哥?

哎呀，本来阿姐你不问，我们也想讲，但是哪，弄得好像是我们要帮阿哥，拍他马屁，帮他吹牛皮的样子，所以，我们也不好意思。阿姐你问，我们就说了。阿哥他了不起啊，本来到这个地方来，他叫什么，评书里面讲，叫充军发配。好的，本来他是来看仓库的，做做样子，浑浑噩噩，一两年，也就过去了，他倒好，一个人，又看门，又管出货进货，做得是好，又整齐，又扎实。这个地方，许多小青年，有点小偷小摸的毛病，常来偷仓库里的，倒不是为着换钞票，偷的东西，也换不了多少。但是就是贼骨头，手就是会痒，好玩儿，派出所呢，也不好管。

他是，一到这里，不知怎么，就晓得那几个贼骨头了，就叫他们去吃酒吃饭，还说，要缺钱，找他要，他是乡下人,用钱少,工资够,有积蓄;就是要大家别偷,偷了,他工作有问题,将来派出所找去,大家也不好。这个事情传开来,大家都说,他做得好,很爽气。我们是觉得啊,他有派头,讲道理,才服帖。而且他,又会下棋,又会打架,又看书,又会跑步,又会游泳,很了不起。这个评书里面讲,叫文武全才,智勇双全。我们反正是服帖的,就跟他一道儿玩。你看看,邻居人家,哪个不喜欢他呢?我讲这个,真不是阿哥要我说的,就是佩服他。阿姐,你就不要告诉阿哥了。

姑娘把话一丝不漏地听着,像冬天喝汤一样,全都吸进去了,边听边点头。她一直在点头。直到片刻后,小伙子回来了,跟她说话,她还是在点头。

小伙子说:自行车把套安上了,很好用……星期天去爬锡山,好不好?

姑娘点头。

他们当地的名山,只有锡山与惠山,两处相抱在一起,躺在河岸边。惠山有名得多,山麓有天下第二泉,阿炳的二胡曲《二泉映月》,就典于此。锡山的典故则早些:传闻周朝时,锡山产锡,是铸造兵器必用之物;秦始皇麾下大将王翦，击败了项燕——就是西楚霸王项羽的爷爷——一直打到锡山，挖出了一个碑，叫做"有锡兵，天下争；无锡兵，天下清"。那就是天下要平定了的意思，所以这地方叫做无锡。

——就在星期天爬山时，小伙子跟姑娘说了这些，姑娘还是在不断点头。锡山不高，不到七十五米，在江南算是山，在别处不过一小丘。正经要爬山的，都会爬旁边三百米开外的惠山，但姑娘也不问，小伙子也不说。

他们慢悠悠地上下锡山，说是爬山，其实仿佛散步。虽说是秋末，好在江南地气湿暖，林木还葱茏郁绿着，只色彩绿得不够鲜润，红红黄黄的却还斑斓明丽；天空很高，云线清晰如画，长长地铺着。山道石径弯曲平缓，也像小伙子说话的声调一般。

半山亭里，有卖卤豆腐干的：是将豆腐干在卤汁里煮得发皱，甜浓香韧，乌黑油亮，用小木签扎吃。卖豆腐干的吹起牛来：我们这个豆腐干，着实不得了。卤料，有酒有糖，有醋有酱，有桂花有甘草，还有老陆稿荐酱汁肉那一味秘方！吃了我们的豆腐干，延年益寿通气，而且不想再吃老陆稿荐……

小伙子买了一盒端着，就让姑娘吃。姑娘嚼得高兴，不慎卤汁吱一声响，自己红了脸，看小伙子，似乎没觉到；如此两人两个脑袋四只手互相凑合着，边吃边走，到下台阶时，忽然小伙子身子一沉：

不好！

妈妈走了过来,看了看姑娘手中的针线与长裤,问:怎么了?

姑娘说:他爬山,滑了一跤,膝盖上裤子破了。我们回到他单位门房,就让他去换了一条穿,这条破了的,我来给他补好。厂里有缝纫机,但有些针脚,我还是回家来做。

妈妈接过裤子,提起来看了看裤腿,点点头:这小伙子,个子不高啊?

姑娘脸有点红,说:可是,人还长得挺好的!

妈妈叹了口气,道:男人太好看,倒不是好事。好看的要么人心歹,不歹的就没有福……你不要怪妈妈口气不好听,妈妈经过的事情多,平常日子小事情,也会想得多点,何况这个是女儿的大事情。

这时候,后爸戴着老花镜,从院子里走进来,喝道:还不睡?——开灯不要电费?——谁的裤子要拿回家补!一个女孩子家,上班补,下班补!什么样子?啊?!

妈妈推了他一下:好好,我们马上睡,马上睡。你不要吵也不要闹,让人听见不好。

后爸道:你们晓得不好,自己就该有分寸!你看看你们!啊!女孩子养了有什么好!我搬个五斗橱,还要自己动手!我想在院子里弄个架子,你也没力气!还有你弟弟!都是没用的!

公主问:爸爸,为什么要说我?!养了我有什么不好的呀?

弟弟嚷:哪一回五斗橱不是我推进去的?我是没力气搬出来,可是,终归是我推进去的呀!

外婆说:你们在说什么?我听不清爽!

姑娘咬着嘴唇,说:我这一会儿就缝完了,你让我缝完这一会儿,好吧?

秋日午后,天空很高。姑娘和妈妈在晾衣天台上晾着衣裳,天台有四层楼高,可仰头看,天还是高而且远,阳光都跌不下来,只是散在周遭屋顶、远近运河上。晾衣天台的衣服都透着光,明亮璀璨,比寻常时候,显得贵重许多。邻居阿婆提着衣服上台晾,看了看姑娘手上,哟了一声:

这条裤子,以前没见过……也不是你们老爸爸的,也不是你们小弟弟的……啊哟,是谁的呀?

姑娘陈述了一切,妈妈在旁边审时度势,见缝插针补充几句,自知徒劳无功,可还是试图弥补女儿过于积极进取的感情态度。邻居阿婆眯着眼迎着阳光晾着衣服,听罢了,嘻

嘻笑将起来:

不要怕,不要恼。碰到好男人,日子总归会好过起来的。我看着,你这个男人,是很好的。啊哟,男人最怕的,不是懒,是不用心,又不讲道理。你看看我家那个,每天听他的《珍珠塔》,两脚一伸,啥事不做,但是,还肯讲道理的,就蛮好。

姑娘点着头,说:可不是!

阿婆接着说:

他阿姨呀,你也是,太担心了。乡下人怕什么?啊哟,乡下人住到城里,也就是城里人了。他姑娘,我觉得,你倒是要去,跟他好好说说,拿着家里的情况,说个清爽,这个样子,你们就不是两家,是一边的了。心只要齐了,什么都好说。

姑娘看看妈妈,妈妈正把最后一件衣服晾上。阿婆说:
你们晾好啦?要下去啦?告诉我家那个,我还有一歇儿下去,叫他先把家里的饭,热一热。

姑娘低着头,眼睛投在自己给小伙子织的手套上,自己的双手握在背后,说:

嗯,我家的事,就是我刚才说的那些。我说完了。我也不晓得以前,你知道我家多少事情,反正,我家的境况,就是我说得这么回事了……

姑娘的手从身后伸出来,提着小伙子的长裤,说:裤子我补好了,你看看。我又洗了洗,把裤腿那里开的线补了补。

小伙子看着她,说:坐。先坐。吃桂花糖炒栗子好不好?栗子壳就扔地上,我一会儿一气扫了,方便。

姑娘就坐下了,小伙子将剥好的三个栗子递给她,接着剥自己的,眼睛直直看着地面扔的栗子壳。他们那里的桂花糖炒栗子,总是江北人卖,一口大锅,许多铁砂,撒了桂花糖水,栗子略划开壳,使一个大铁铲炒;炒得好时,酥糯好吃;炒得不好,就会发黑发甜。姑娘看着小伙子吃了个发黑的栗子,犹且不觉,哎了一声。小伙子这才抬头看看她。

姑娘说:反正,反正我家就是这样了……我晓得是不大好,但是……但是就是这样了。

小伙子又看着栗子壳呆了一会儿,说:我能去趟你家吗?就今天吧?一会儿我下班了,就去。

黄昏时分的河上,船灯倒影,像是金色鱼鳞。路灯下,棋友小兄弟在路边扫着地,戴蓝袖套的阿姐坐在马路牙子上嗑着瓜子。小伙子朝他们挥了挥手,继续握着塑料油瓶做的自行车把,和姑娘一路过来。姑娘好奇,回头望了他们俩几眼,小伙子道:别看啦,看多了,他们俩不好意思。你自己晓得他们俩好,就好啦!

天暗了,俩人时不时要响几声铃,警惕路边有人出没。车轮响了井盖儿。弟弟放下高中课本,出门看了眼,立刻回身喊:妈,来客人了!

妈在里屋,哎了一声。后爸听见了,走到门前看了看,眉皱得像干树枝。

妈先笑着说:来就来吧,带云片糕来,带炒栗子来……哎呀!还买了鲈鱼来……真是的,哎呀!

回过头,妈咬着姑娘耳朵问:怎么,他忽然就来了?

姑娘咬着下嘴唇，说：我也说，要回来好好儿准备，可他不让，说了句，叫拣日子不如撞日子，挺好的。

小伙子先跟外婆道了声好，就进屋了。他看见公主、弟弟好奇地看他，就像看动物园的河马；他看见大棕绷床、小木板床、竹铺子和沙发，看见五斗橱上的录音机和越剧《红楼梦》的磁带，看见了姑娘亲爸爸的遗像、墙上挂的两幅雉鸡花鸟画、几本旧书；回过头，他看见姑娘和妈妈的微笑，于是他也笑了，露出上下四颗门牙。

后爸看到妈妈做了一桌菜，煮花生、鲈鱼汤、蟹粉蛋和摊面饼，后爸的眉头皱进肉里了。看到小伙子拿面饼蘸白糖而非干嚼，后爸听见自己胸口的气在呼噜呼噜响。更有甚者，他还喝鲈鱼汤？！

小伙子说：这鲈鱼汤真是好！清淡爽口。
妈妈说：是这鲈鱼好，很肥；本来这么肥的鲈鱼，该用酒和盐腌一腌，再炖出来，但是客人在嘛。还是这鲈鱼好，秋天近冬天了，许多鱼都没有好肉吃，鲈鱼还是很肥的。

小伙子说：我们乡下做鲈鱼汤，有时会下一勺猪油。

后爸刚想说话，公主先说了：哎呀！那一定香得很！

小伙子说：可不是吗？特别香。

小伙子边吃着边说：我出差时，看见常州那里有些地方，都熬鱼头汤。鱼头，就可以单独熬汤，跟鱼一起熬，反而没那么香。我们乡下，把青鱼或鲢鱼头切开，起锅热油；等油不安分了，把鱼头下锅，"沙啦"一声大响，水油都跳起来，香味被烫出来；煎着，看好火候，等鱼焦黄色，嘴唇都噘了，便加水，加黄酒，加葱段与生姜片，闷住锅，慢慢熬，起锅前不久才放盐，不然汤不白。熬完了，汤色乳白醇浓，伸筷子下锅，仿佛深不见底；舀一勺喝，浓得挂嘴；多喝几口，觉得嘴都粘呢。鱼尾也能入汤，熬完后，鱼尾、鱼头皮、鱼脖子上白肉，半坠半挂，都绽开了，才好吃；鱼脑滑得跟豆腐似的。舀半碗汤在碗里，拌米饭，到冬天，都能吃得额头见汗。

姑娘、公主和弟弟一起回头看着妈妈：妈妈，下次也可以吃这个！

后爸听着，鼻子边上的肉开始抽了。

妈妈说：家里买不起螃蟹吃，只好请你吃点蟹粉蛋。

小伙子说：我们乡下也做蟹粉蛋，是把鸡蛋打匀了，用姜末和醋一起炒，吃起来确实有蟹味。阿姨这个，怎么做得这么好？

姑娘说：也没什么，就是把蛋白和蛋黄分开来，打匀了，先炒蛋白，再炒蛋黄。炒完了，浇上姜末和醋，拌匀了，立刻出锅来。你看看，蛋白嫩又细白，就像是蟹肉，蛋黄酥酥的有些沙，就像是蟹黄了。这个蛋白蛋黄，是我分的！

小伙子一拍手，说：哎呀，我就没想过！

妈妈说：还有啊，你带来的炒栗子，也好；下回你来，我做栗子炖鸡。

后爸听着，耳朵都扇起来了。

等小伙子走了，后爸一边把小伙子送来的云片糕拆了包装，递给公主吃，一边说：乡下人，就知道吃，还挑三拣四！真是不好！

后爸自己吃着炒栗子，说：栗子冷了，不好吃！——而且吃人嘴软，拿人手短，你们为什么要请他？人情往来，最是麻烦。你们要注意自己的作风！请一个刚认得的乡下人来吃饭,邻居怎么看?你们是可以不要面孔,我还是要的!

后爸把怨恨带进了梦里。到晚间,他的呼噜声里,还夹杂着喃喃的絮叨,让棕绷床上下起伏,仿佛船在荡漾。姑娘睡不着,便披了衣服,起了床,望着妈妈和弟弟,侧身推开门,进了院子,看看没修得的鸡窝、乱糟糟的花草、没砌好的花圃,发了会儿呆。秋凉,忽而她就打了个喷嚏。

天开始冷下来,可是晴得格外鲜明,抬头看着,星星们一个个摇曳着跳出来了,越看越多,就像要哗啦一声,从天空跌下来似的。

冬 天

妈妈说：好好的，怎么就会从上头跌下来呢？

妈妈坐在租书铺顶上的二楼平台，被花盆环绕着。入了冬，花都谢了。浇花阿伯无花可浇，只好裹着军大衣，睡在藤椅里，只露出一张脸，把一张嘴瘪着。阿婶红着眼，拣着瓜子，说：

活该！老不识时务的，我一直说，不要浇着浇着花，跌下去，花倒活着，人死了！——死了倒好！

阿伯张了张嘴，在冬日干燥的阳光里吐出一缕白气，道：

你还说呢，那一天，哦哟，揽着我，哭得眼泪哒哒滴。你看，现在眼泡还肿着哩。

阿婶回头骂道：我看你，死了倒好！我的眼泡，那是我一个人炒瓜子，吃辛吃苦，熏出来的！

妈妈从旁截住，说：所以说，好好的，怎么就会跌下来呢？

据说,那一天,阿伯一脸过意不去,在二楼平台上跟姑娘打招呼,问她要不要瓜子;冬天了,平台上风大,大伯穿得衣厚,人行动不免笨拙,仿佛狗熊。平台边没栏杆,他又没注意平衡,旧球鞋底又磨得滑,且弯着腰,哗啦一下,腿就出溜了。

据说,那一天,姑娘吓坏了,叫声直上云霄;小伙子立刻扔下姑娘端来的玉兰饼,从门房里跳了出来,打量局势:阿伯的身子,全挂在平台外面,两腿在半空蹬着,找不到地方落脚;剩两条胳膊,挽着屋檐处,不敢稍松;阿婶急到嚎啕大哭,披头散发,伸胳膊想拽,且念念有词:

老头,你别放手,你别放手!

小伙子喊:阿伯!你放手!

小伙子站到大伯身下,脱下军大衣,在胸前展开,说:阿伯,你跳!你跳!跳下来有我接住!不高!不怕!你这样拉久了,胳膊要受伤!阿伯!你跳!

阿伯裹着军大衣,因为阳光的温暖,乜着眼皮,温温柔柔地说:

所以，也没什么，摔是摔到了，吓是吓着了，得亏有他在下面，抱住我；没抱牢，我忒重了，两个人摔在一起了，滚在了地上。我是呀，摔到屁股了，他是肩膀给我压到了。这个军大衣，是他给我的，让我盖着；说是这军大衣吉祥，垫住了他，救着了我，等我好了，大衣再还给他。哎呀，在这里眯一会儿太阳，也很好。

阿伯说：这小伙子，很好啊。他跟我说，种花要种兰花，虽然不是顶好看，可是有幽香，你看，是读过书的人，这个词用得，有幽香！他说，杜鹃花虽然不香，但是好看。他说，菊花在花盆里是好看，然而插在瓶子里，还要好看；说是菊花应该插三五七，不要插二四六。他说菊花花束，下面要扎紧了，上面不要太整齐。他说花盆，要用点松香、油和灰弄一弄，菊花才长得好，才清清爽爽，才有气派。他说这个种花的泥里面，可以打一点碎蛋壳，他以后从乡下上来，还要给我带些泥。这个小伙子，很好啊！

妈妈问：这大星期天的，他去哪里啦？

阿伯说：他今天，说太阳好，推着书铺子老板，去转惠山了。他跟我说好，下个礼拜，如果我屁股还不好，他就借书铺子老板的轮椅，也推我去惠山。我还没坐过轮椅呢！我呀，就要装病，看他怎么推我去。

阿婶怒道：这个老不识时务的，又在胡说了！轮椅也好坐的？多么不吉利！偌大个人了，跟老小孩一样！

租书铺的阿姨说：这个小伙子很好啊。我老公，你也知道，腿不能动了，就只肯窝在家里看书，一本书也不肯卖。我呢，就只好摆个摊子了。倒是这个小伙子，去跟我老公讲评书，讲《三国演义》，讲《兴唐传》，也不晓得他们为啥就那么投机，我老公还说，我不读书，不懂。哦哟！倒怪上我了！他就跟我老公讲了，冬天的毛衣是要穿的，穿了对身体好；要晒晒太阳的，对身体好；不能一直窝着看书，要出去转转的，对身体好。现在他就推着我老公出去了。这个小伙子很好啊，很爱看书，就一直在我家看。我就不要他钱，晚饭还给他送点小菜，我前几天还给他送了萝卜干。他好喜欢吃萝卜干的！他阿姨，麻烦你抬抬手，我再绕两圈毛线！

修自行车的年轻人摸着左脸，说：阿姨，你就放心，我天天看他们两个人走来走去，那个小伙子，连个手都没搭到你闺女的肩上！规规矩矩！不是坏人！他骑的是金狮自行车，旧的，不过擦得是干干净净，很爱惜，他不是乌七八糟的人！晓得保重车子的人，也晓得保重人！

妈妈给自家的玻璃窗缝隙抹上了米浆,将防寒的油纸贴上抚平,拍一下以确认结实,一边口里问姑娘:

你现在,午饭都跟他一道吃了呀?

嗯。

你们吃汤圆了呀?

嗯,他请我的,说是冬至了。冬至是要吃汤圆的吧?他还说呢,冬至之后,九九八十一天,就开春,这个叫连冬起九。他们乡下人,就这么算日子。

那,你还请他吃玉兰饼了呀?

嗯。

他说什么呀?

他咬了一口,说,这个东西好怪呀!

母女俩一起噗呲笑了起来。

玉兰饼本是苏州特产,春令时,玉兰花开,以糯米包玉兰花瓣为饼。但食欲常有,玉兰花不常有,于是他们那里市井间,以糯米粉裹肉、豆沙、猪油菜、芝麻等,以油炸。

做汤圆的店铺,大多兼做玉兰饼:入店来吃汤圆的,坐下了,一大碗雪白汤圆上来,使勺子吹着气吃,冬日里,满店白晃晃;想在街上随吃随走的,就拿一两枚玉兰饼,左手倒到右手,嘴里呵气不止,咬一口,外酥脆内软糯,吃了馅儿,暖软黏就下了肚儿。猪肉馅、豆沙馅、芝麻馅所见寻常,但猪油菜比较奇怪:乃是青菜剁成泥,加糖与猪油混溶,碧绿甜浓,然而为外地人所不取。

姑娘想到小伙子看见猪油菜的惊诧,忍不住捂嘴笑了一会儿,最后正色道:他说呀,他不喜欢吃太黏的东西,说是抓心。

门响了一声,母女俩回头看时,见公主手捧着一把花生,且吃且走;见母女俩回头看他,便伸手亮过花生,问:阿妈,阿妹,长生果,要吃么?带壳的长生果,剥开来咔嚓咔嚓,一个个的,蛮脆的。

妈妈说:不要啦,你前头说,爱吃那家的瓜子,我今天就去,买了些瓜子给你吃来。你进门,我还当是你爸爸转来了。

公主唱歌似地道:我爸爸呀,要晚些转来,他今天上班前跟我说,家里太冷啦,他要去浴室洗澡!

江南的冬天，阴湿起来，最是难熬。晴天的太阳偶尔能粉饰太平，倘若被云遮去，天空就像灰的吸水纸。麻雀们站在电线上互相眨巴着眼，仿佛下棋的老头们。常绿植物带着点像假花一样的绿色。露天的大家都省着力气，不想多说话，因为江南的冬天细密周到、睚眦必报、不凶不躁、无微不至地冷着你。什么时候你忘了她，她就掐你一下提醒你：这是冬天啊。那副冷劲儿，就像邻居有人一整夜用瓷片刮锅，让你牙根酸似的。湿气沁着人心脾胃肠肝肾肺，关门锁窗、裹袄夹被，还是冷。

后爸每天想到回家，都不太提得起兴致。外面天色寒冷，家里也不比外面暖和。老婆对他不坏，但也不好，尤其是不暖热；老婆的儿子女儿，哼！自己的女儿，唉！还有那个小伙子，真是烦！乡下人！！后爸顶起门帘，进了浴室，问老板有没有床铺了。没有了？？这日子，过得真是个顺当！没一样可心的！！

他们那里的浴室是这样的：先是厚重的大棉花门帘，挡寒气；举起门帘进去，倏就暖和了。进了门，先有伙计扔块热毛巾过来：揩揩面！

毛巾滚烫,初来的人经常被砸脸。伙计满脸惶惑,把热毛巾肩上一搭,过来扶住了:

对勿起啊对勿起!

有钱的人,就问掌柜的要一张床铺;手上紧些的,就要个衣柜。衣服脱净了,分别放进床铺下头或柜子里。大家进大水池子,像下饺子似的,一堆人泡着。浴池旁另有冲淋的设备,但去泡澡的,对此常不屑。扬州人的谚语说,"上午皮包水,下午水包皮",就是说老一辈都爱上午喝茶、下午泡澡,快活如神仙。大家来浴室,就是贪图大池子里,"水包皮"的泡着。所以,这活动与其说是洗澡,不如说是泡澡。不取干净，取的是暖和。泡澡图的不是干净，所以泡完，还得冲洗。洗澡要早些来，到得晚了，池水就成了肥皂汤。

后爸一般是这样做的：别人用手掀门帘子进门，他要用头或肩顶门帘子，这个叫派头；别人用手接热毛巾，然后要衣柜；他要用肩膀接住热毛巾，擦一把脸，认准了床铺，跟掌柜说一声——掌柜嗯一声表示记住了——就脱衣服，这个也叫派头。茶房端一杯茶上来。他顾自脱完衣服，进浴池，找一角池边，放下洗浴用品，用脚试水温，搁两只脚进去，若水烫，不免牙齿缝里丝丝地透气；再过一会儿，半个身子没下去，再没至颈，水的烫劲包裹全身，先是暖，继而热，末了全身发烫，像虾子一样发红，等全身开始刺刺地痒起来呼吸困难了，发梢开始流汗。这时豁啦啦一声出水，喘两口气，在池沿坐会儿，就去冲洗了。去床铺上躺一会儿，全身松快，还得叫人来敲背，这个也是派头！

穿了衣服出门，皮肤会一阵乍冷，满头水蒸气化成白雾状，看着像是刚蒸熟的，可是手脚骨头缝里都是暖的，舒坦！昂首阔步回家去，这个也叫派头！

可是这一天，什么都不顺利！床铺？没有啦！进浴池看,池水脏得下不去脚;去冲淋浴吧,刚打上肥皂,想去换双拖鞋,一回来,龙头被抢走了!人家还边哼歌儿边擦背,擦背都合着节拍!后爸很生气,瞪起眼来:这是我的水龙头!

享用着水龙头的年轻人,左脸上有个疤,一边用毛巾擦着背一边笑:你的水龙头在你家里!这个水龙头是你的?你叫它停啊!你叫它出烫水来烫死我啊!

后爸气得鼻子呼哧呼哧,因为缺氧,眼前都一阵发黑。捏着拳头想生气,可是浴室里到处都是滑滑的光溜溜的,他的气落不到任何实处。忽然间,他意识到两个残忍的事实:

第一,大家脱光了衣服后,他不再是"局里工作的"了,他没有一身衣裳来吓住小伙子了。这时候,他摆出局里的气势,只剩下滑稽。

第二,他过了五十岁,不能捏着拳头吓唬小年轻了——他们也不怕了!

纺织厂的书记到车间门口来喊了一声，姑娘抬起头，看着书记朝自己点点头，便起身来，去到布满窗的走廊里。走廊里被阳光晒得明晃晃，像个装满阳光的、温暖的大鱼缸，书记就像一条胖头鱼，抿着咧到胖腮帮子的嘴，递过来一封信。

是封匿名信，姑娘两眼便读完了。她并不是戏曲里文章锦绣的佳人，但这封匿名信的结构和字句过于易读，兼且充斥许多官样文章的废话，不由得她不一目十行。该匿名信开门见山，朗诵了几句道德语录，然后以诚挚的群众身份，表达了对现代青年道德堕落的担忧；随即以推心置腹的口吻，表达了对姑娘品格的怀疑；列举了一些传说中姑娘行为不检的传闻后，匿名信便决定，姑娘继续在厂里担当纺织女工的工作，实在颇不相宜，很容易招惹口舌，甚至影响纺织厂的声誉；结尾以悲天悯人的口吻，希望厂里再给这个姑娘以机会，不要宣扬她的坏名声，只是提请厂里，把她的岗位给撤了，让她有时间自我反省，改过自新。

书记说：这种谣言，我们当然不信。但你最好看看这笔迹，看是谁想害你。
姑娘看了看笔迹，鼻孔里出声音，冷笑了一声。

书记叹了口气说：你这个后爸爸，其实也有个好处。局里工作久了，脑子木掉了，人比较戆，要做啥坏事情，也做不顺利。哎对了，那辆自行车，骑着还好吧？没有再脱链吧？以前脱过两次链，我安上去，就怕又脱链。哎呀！脱链装好，满手黑油啊！

姑娘说：车子挺好的呀！

书记又问：天色凉了，都进了腊月了。上次厂里面运动会，你的那个奖品，那件军大衣，倒不见你穿啊。

姑娘眨眨眼，笑了笑，说：那军大衣，我送人啦！

姑娘道：这炭火，说是他回乡下，妈妈给他，教他带上城来，让他在门房里用的，让他自己煨着火，不要冻到自己；说这个炭火，是他们家的木头，用淘米水擦过了，烧一烧，再用米汤泡一泡，再烧一烧，再泡一泡，这样烧起来，就没有烟气。妈妈，你说这炭火，暖和不暖和？

妈妈问：他回乡下去干什么？不年不节的，冬至又过了，刚刚进腊月……

姑娘道：他说，乡下人，进腊月要舂米，这辰光的米，结实，舂了藏在米缸里，来年好发财；转过年去舂米，米都瘪了，煮了粥，就虚了，舀也舀不起，喝也喝不着，煮一锅粥，只能喝米汤。他就是帮着舂米去了。

妈妈、外婆、公主和弟弟，一起在房间里的红泥炭盆边，呵着手，点着头。公主把花生在火边烤一烤，发出了焦香味儿，再一捏，花生壳碎了，就问：大家要不要吃长生果？年底啦，吃长生果，长命百岁的！

烤过的花生，略带酥香味儿，公主自夸自赞：好吃，就像刚炒出来的瓜子!

外婆眯着眼,慢慢的嚼着妈妈递给她的酥花生,点着头:嗯,这香的,这妙的!烤一烤,就是甜的!

弟弟看着炭盆,难以置信似地摘下眼镜,又用右手朝烟雾摆了摆,再戴上,对妈妈惊喜地大叫:真的没有烟!不呛!——这是什么科学原理啊?——妈妈你不要怕,我那么摆摆,叫招气入鼻法,是化学课教的!——姐姐,真的没有烟哪!

这年冬天,寒气来得急匆匆,不打招呼,就冻了人,然而玻璃窗上贴了保暖的油纸,房间里有炭盆,空气都泛了红暖之色。妈妈便建议热些黄酒来喝。铫子在灶上,倒进了黄酒去,热着,便发出咕嘟声,姑娘另切了些姜丝,浸在酒里。等甜糯的酒香味氤氲满室。一人倒了一杯醉黄色清醇透明的暖酒,慢慢喝着,就着花生吃,姜丝黄酒,甜而微辣,各人觉得手指脚趾尖儿,都暖和了起来。喝罢一杯,妈妈便招呼弟弟和公主睡去:孩子家,喝了酒,不能熬夜,不然明天早上头疼鼻子塞,还要头昏!

公主乜斜倦眼道：阿妈，这个酒，好甜的呀。长生果，也好吃。爸爸为什么以前不让我吃，不让我喝？阿妈，有人送我长生果吃，可是没人送我酒喝，我们好不好去店里买酒喝？

外婆道：小孩子不要多吃酒，吃出甜头来就刹不住！

弟弟抬头，诧异地望望：阿婆，您听得见呀？

外婆一口把碗里的酒干了，吧唧着嘴道：你不晓得啊？我吃了酒，耳朵就听得见！

弟弟抓了抓已经发红的耳朵，嘴里黏黏糊糊道：这是什么科学道理，这是怎么回事……

赶着各人睡了之后，红泥炭盆旁，剩下了妈妈和姑娘。妈妈就让姑娘稍坐，自己去厨房，拿了两个玻璃瓶来，道：这个萝卜干和雪菜，你拿去送给他，让他闲常里吃粥吃饭，也好搭一搭嘴。

妈妈做萝卜干，没太多器具，只有萝卜和盐：就把萝卜削了皮，一层萝卜一层盐，闷瓶而装，等到季节转过，萝卜从白变黄，就好了；另外往瓶里塞些炸黄豆，觉得这样可以香一些：反正炸黄豆也坏不了。雪菜，就是雪里蕻了，萝卜干讲究吃老的，雪菜却要吃嫩的。刚腌了一个星期的雪菜，鲜香咸脆，用来炒毛豆和肉丝都好。雪菜放久了，有些酸味，就更适合炖汤。

妈妈道：他送你炭了，你可晓得他给自己留了多少呢？（姑娘说：他还有，而且，他门房有煤球炉。）煤球炉多熏啊。他对我们好，我们也要对他好。（姑娘说：我也对他好啊，我送了他军大衣……）做人哪，不可以看着人家的菜来下饭，要尽好自己的本分。不能因为是熟人，就不尽礼数，越是熟，越是要对他好。你给他送萝卜干和雪菜，还要告诉他，来家里吃腊八粥，不要特地买东西了。你这就睡吧，我给你爸爸留个门。炭盆，我放在房间中间，你们兄妹几个烤一烤吧，睡得也暖和。

种花阿伯说:他呀,不在!帮着找人去了!姑娘,我这搭儿有新炒好的瓜子!

阿婶的声音追着喝道:你屁股刚刚好,又要去摔一跤了!摔死了,活该!——他姑娘,你不要管他,我下楼来,把瓜子给你!

租书铺旁,一个轮椅,坐着个中年人,穿着棕色毛衣、膝盖搭着一挂毛线,安详地握着本《呼家将》,端详了一下姑娘,开口,用黄酒般绵柔醇和的声音道:

你是来寻仓库里那位的,是吧?他不在,帮着寻人去了。你不要急,要不要过来看一看书?不要钱,不要钱。我老婆去给我买午饭了,我不认识你,她一定认识的。你不要急呀。

扫街的阿姐说:他们几个小兄弟,都帮着寻人去啦!寻的是,你晓得船上那家小姑娘吗?跑啦,一天一夜,没见着人啦,船上小哥着急了。我那位和你那位,本来在下棋,都被他一起叫去帮忙啦!

姑娘听着阿姐说"我那位"、"你那位",觉得脸上发

烧。她定定神,对扫街的阿姐说:

那么,他回来了,请阿姐你告诉他,腊八到我们家来喝粥,是晚饭。这两个瓶子,请阿姐你转交给他,让他下粥下饭吃,搭搭嘴儿,谢谢啦!

妈妈是个迷信的人。腊八那天,她让后爸、弟弟、公主,一起出到门外溜达,莫要冲撞了菩萨,自己煮下一锅腊八粥、一碗青菜百叶、一碗肉酿面筋、一碗红烧肉、一碗黄豆芽、一锅鸡汤,洒扫了家里,便与外婆一起,拜祭观世音菩萨。

姑娘在厨房里,听着妈妈念:腊八粥,要花生、枣子、大栗、四角菱、瓜子、豆子、小米、赤豆……按理说还要桂圆和葡萄干,可是咱们家里买不起,观世音菩萨也不会怪罪……心诚则灵……你要许一些好心思,不可动坏脑筋……

姑娘想到了小伙子,想:不晓得这个,算不算坏脑筋……

黄昏时,小伙子来了,自行车上搭着两个铁钩,铁钩上挂着两大片猪肉,坠得自行车摇摇晃晃,听《珍珠塔》的阿公看着悬心,特意过来扶住车,帮着把肉提了来家。小伙子说,他星期天又回去了乡下,家里让他带了新宰的好猪肉来,可以吃到年下去。

姑娘问：船家那位,可找到了?

小伙子道：放心吧,人找到了,没事!

姑娘拍拍胸脯道：谢天谢地!

妈妈不知道是什么事,正色道：谢了天和地,还要谢观世音菩萨的!——来来,喝粥吧!

妈妈很会做红烧肉：是把猪肉先煮一煮,再加上酱油、酒和糖,慢慢炖,炖好了,再在米饭锅上蒸一蒸,以求酥烂,水放得少,所以肉头味道醇浓,没有水汽;妈妈也很会做鸡汤,鸡肚子里塞了葱和姜,外面浇了黄酒和水,滚开了十分钟,酒香流溢,再小火,慢慢炖,炖完了,肥的好鸡会让鸡汤上有一汪汪的黄油。妈妈对小伙子推心置腹说了这些,最后说：

做肉,就是要慢慢地花时间,才好吃,不能急。煮粥,也是这样。

大家一起用调羹舀粥喝,烫得嘘嘘呼呼的。妈妈看大家等粥凉,吃得不积极,就说了个笑话。说的是,她老家那里,念粥字,读作"捉";念豆腐,读作"特务";念鸭血,读作"瞎说"。说有一天呀,卖腊八粥的和卖豆腐的齐声叫卖,警察便以为是"捉特务",跳起身来;卖鸭血的也叫卖,警察就生气了:

既然是瞎说,你们还糊弄我干啥呢?

小伙子点着头,笑得露出上下四颗门牙。他送来的炭,正在餐桌下的红泥炭盆里,温暖着他和全家人。妈妈说:腊七腊八,冻掉下巴,还是要暖和些,不然就带着寒气过年,不好。后爸虽然不乐意,但也只好和大家肩并肩坐成一团,跟大家一起吃。以前,家里吃饭,都是他做主,吃鸡汤,鸡腿必然是他吃;可现在,大家无分彼此,吃得乱糟糟,没了高下次第,鸡腿还被妈妈奉客,落在了小伙子的肚里,后爸觉得很不高兴,就像去浴室,所有人都睡着床铺,显不出他有多特别了!

姑娘去厨房里,端来了一盘藕丝炒毛豆。小伙子大为惊喜,说道这时令,哪里找藕去?妈妈就说:藕是夏天的,拿来裹好,埋在湿泥里,埋得好,就不会坏,还好吃。烤炭火容易胸口塞,吃炒藕,就好!

姑娘补充说:吃白菜丝,也好!喝一点热黄酒,鼻子通气!

外婆补充说:喝了黄酒,我的鼻子耳朵,眼睛嘴巴,七个孔,都是通的!

喝了点热黄酒,小伙子并没见醉态,倒是乐意说话了。他说:前段时间出差去南京,他很好奇,就独自跑步,过了南京长江大桥。大桥真长啊!早知道那样,就该骑自行车过去!他说:以前在太湖边一个疗养院旁边工作时,会去太湖里游泳。一开始不会游,抱着一个卡车轮胎当做救生圈——在那里,晚饭倒是可以吃许多的鱼和虾!

他说:出差是辛苦的,但可以见世面。现在公司里觉得他在仓库做得好,有时也让他出差去上海,去码头看一看货运箱子对不对。他说:他去上海,穿了一身金黄色衣裳去,上海的小姑娘都笑话他,说他是个乡下来的黄金瓜。他说:上海松江那里,他吃到了很好吃的排骨年糕;年糕是糯米敲出来的,又白又软;排骨金黄香酥,好吃。他说:在老家虽然打过年糕,但没有打过这么好的。

后爸听到小伙子会打年糕,觉得耳朵里进了只蛾子;果不其然,听到妈妈立刻追问小伙子是否会打年糕,愿不愿过年前来打年糕时,后爸觉得耳朵里的蛾子变成了毛毛虫。他迅速搜罗肠胃,企图寻找反击之词,但这天的鸡腿没落在他肚里,妨碍了他一贯的足智多谋。最后,他被一句话扼杀了。公主嚷道:

爸爸!你说多好呀!我们要吃打年糕了!

后爸觉得自己要被雷劈死了。

姑娘决定去买早饭。冬日早上，天还是幽蓝色，路上车辆寥寥，还留着夜晚的冷清，只有河上灯火亮着，听得见水声流动。卖早餐的小贩和店铺起灯，架火，乒乒乓乓的炉灶声，馄饨店门口，大屉蒸笼的氤氲白气一路滚到路上去。河岸边的人，平时爱吃小笼汤包，嫌大白馒头喧软、厚，偶尔还噎嗓子，但大清早，一双冷手，接过烫得直跳的大白馒头，还是很满足的。姑娘就用一双冷手，接过了大白馒头，接着去隔壁，买了还烫手的豆浆，买了脆得嘶嘶作声的油条。

姑娘想：冬天早起，他刚烤了一晚上煤球炉，一定又冷又渴，一碗豆浆下去，温热润口，一定很惬意。刚出锅的油条，热的，两头尖尖儿还韧着，很好嚼；中段儿又松脆，吃下去，有撕纸的声音，油油的，香香的，吃得嘴油汪汪的……好想在路上就吃油条尖儿啊，可是不行，这是留给他吃的！

姑娘听见了一声唤，回头看，却是船头上，矮个少年家的船娘，一边梳着头，一边唤她。姑娘便走到堤边，隔着跳板，问：你还好呀？

还好呀。

我听说，前几天，他们都去找你啦？

是啊！就是大前天，我跑了。

跑了哪里去？

没跑哪里去！我就到医院那里锅炉房躲着，我晓得我躲在那里，他找我不到！

为啥呢？

他老是说，我对他有感情啊有感情，好像我离开不了他似的。我就是要让他着着急！

哎呀！他可着急了！

我晓得呀。后来，他们还找了派出所，我听锅炉房的师傅说了，就去派出所找他们了。他就骂了我两句，然后哭啦！

你们不要再这样闹啦！

我晓得呀！我就是让他着急着急嘛！现在，我给他做早饭！

我买了油条和馒头，要不要一起吃呀？

不要啦！下次，阿姐你还是到船上来吃呀！

小伙子大口大口吃着油条，满嘴塞得满满，还对姑娘点头，含糊不清地说好；姑娘发现门房里确实没有炭盆，只有一个煤球炉，心里过意不去，就提着煤球炉出门，蹲在仓库大门前，用铁夹子清煤灰渣，将煤灰渣倒在路边垃圾堆中。

清了一会儿,一个人嚷道:

哎呀呀,大清早的,我还在扫地,你就倒垃圾!这个样子,实在是……啊,阿姐啊!

姑娘就看见了棋友小兄弟,正握着扫地阿姐的扫帚,哗啦啦扫呢。姑娘站直了身子笑笑,朝门房努了努嘴。棋友小兄弟贼忒嘻嘻地点了点头,道:

晓得的,晓得的。我让我家的多睡会儿,你让你家的多吃会儿!

收拾完煤球炉、洗完了手的姑娘,捧着腮帮子,看着小伙子吃油条喝豆浆,想:

他怎么喜欢把油条撕成片段,在豆浆里泡一泡呢?那样油条不就不脆了吗?他怎么还倒一小碟酱油,蘸着油条段儿吃呢?他吃法跟我们不一样呀。哦对了,他是乡下人呀!——不过,乡下人也没什么可怕的。

妈妈认为,打年糕是件隆重的事,一定要吃饱吃好。她于是先动手,捏起了瘪子团,炖起了烂糊面。瘪子团,是糯米和粘米混合了,揉成的小团子,按那地方的规矩,揉完一个团子后,必得在上头按一个印子,凹下去了,才算数呢。瘪子团的吃法,是和青菜、肉丝们一起混炒,出锅时郁郁菲菲,很香。烂糊面,是趁现成的清汤,最好是青菜汤,加点儿毛豆、肉丁,拿来炖宽条面,炖得面软烂,筷子一挑都能断了,放小碗里请人吃。

为何用小碗?有讲究:稀里呼噜诌在一小碗里,面半融,汤都稠了,吃一个暖和鲜浓劲儿。喜欢面条筋道的人,会觉得这面软塌塌,不经一吃;卖相也着实不好看,一派死缠赖晒;但如果你恰好饿了冷了,吃这么碗面,吃半融在汤里的面、青菜、毛豆和偶尔加的鸡蛋,会觉得入口即化,暖融融的。

小伙子就在屋檐下捧着碗,吃着瘪子团和烂糊面,吃得暖洋洋的,又喝了一杯热黄酒,说:好了!

妈妈已经备好了一个石臼,里面放下了蒸好的糯米粉,略加些糖;小伙子背来了一个木锤,还解释道:乡下惯例,该是木锤镶石头,只是这样也将就了:石臼里略倒一些冷水,木锤上也蘸些冷水;小伙子就脱了棉袄,只穿汗衫,手提木锤，在石臼里磨了几下，猛挥一锤，落下去扑地一声，拖一拖，磨一磨，再复一锤。姑娘在旁，听着他呼吸匀整，锤过十几下，呼吸逐渐白气浓重，身上也冒白气了。妈妈问要不要歇歇，小伙子答不要，问有没有热水，弟弟连忙端过来一个茶杯——后爸敏锐地发现，那是他御用的搪瓷茶杯——小伙子咕嘟咕嘟喝干了，抹抹嘴点点头，再复一锤，扑地一声。

如此抡罢三十多下,石臼里糕粉已经黏成一团,小伙子便请妈妈过去,将打好的年糕拿走,再换一些糯米粉搁进石臼,自己将木锤靠在门上,叉着腰喘两口气。弟弟过来提一提,发现木锤不轻,自己竟扛不平,放下,伸伸舌头走开了去。后爸看着,撇了撇嘴。小伙子捶了四轮,妈妈说:

够用啦!够吃到正月十五啦!

那地方的年糕,可以蒸了直接吃,也可以埋在稀饭里煮透:大年初一早上,必须这么吃,所谓步步登高。小伙子披上了衣裳,就帮着捏年糕:捏出了七个元宝,说这个蒸了吃,乡下规矩,来年可以发财。外婆认为极有道理。后爸正要说话,公主已经嚷了:

要吃的!要发财!吃了元宝发财!吃了长生果长寿!

吃着元宝年糕、瘪子团和烂糊面,妈妈又端上来好大一锅白菜肉丝:厚白菜连帮带叶,煮得烂烂的,几乎要成一绺绺,还加了一点儿辣,一屋子人都吃得脸红耳热,眉花眼笑。姑娘对小伙子说:我们家吃白菜,不贪图好吃,就是图一家人暖洋洋的,白白净净,平平安安的。

小伙子点着头,道:我晓得的!

后爸嘬了口筷子尖,寻思想说什么,被满房间筷子划拉碗声淹没了思绪,不说了。

待到要走时,小伙子拍拍脑袋,从自行车后座上,解下来一个长塑料袋,捞出来一条大青鱼,递给妈妈,说是过年,单位发的,年年有余。鱼杀好了,不忙着都吃完:肉段儿可以腌了,做成咸鱼;鱼头鱼尾等年夜饭吃做汤就好。他自己呢,是要回乡下过年去的。

妈妈递过去一瓶腌菜心:倒不算啥个大菜,你们拿去,搭着粥喝吧。

姑娘知道,腌菜心确实不是大菜,但费功夫。白菜叶子炖汤了,剥下来的菜心用盐揉着,揉出水来,放着,再和汤、盐和生姜一起炖,炖完了再放凉风吹。一垛白菜,也就一小枚菜心,看去细小,然而五味俱全呢!

姑娘送小伙子走时,就把上面这些细细说了,小伙子点着头,表示他知道了。

那么,你好好过年呀!

好呀,你在乡下,也要好好过年!

过年,大家都忙起来了。妈妈除了整治鱼,还得备办其他的。带着姑娘,一起去到菜市场,买牛肉,买羊肉,买酒酿,买黄豆芽,买虾,买榨菜,买黑木耳,买胡萝卜,买青椒,买芹菜,买豆腐干,买百叶,顺便跟那些菜贩们一一道别:

还不回去过年呀?

今天做完,这就回去了!

那么新年见!

好好,新年见!

还得去买许多卤菜熟食。过年了,店主也豪迈。买猪头肉,白送俩猪耳朵。买红卤肠,白送鸡肝。

早点卖完我就收了!

忙啊?回老家啊?

不忙!就是去打麻将!

许多铺子都关张回家了,坚守在菜市场的,只有卖烘山芋的大叔,以及他的炉子。黄昏了,橘色火焰暖着眼睛,山芋香味像蓬松温暖的固体,塞鼻子,走喉咙,直灌进肚腔去。妈妈给姑娘和弟弟各买了一大块。弟弟心急嘴馋,捧着烘山芋,烫得左手换右手,也不思考一下手都受不了,口腔如何忍耐，啜开烤脆了的皮，一口咬在烤酥烂、泛甜味、金黄灿烂的烘山芋上，觉得像一口咬住了太阳。吃完了山芋，就咬一口皮，然后叫起来：

妈妈！姐姐！山芋皮比芋肉还甜！

年三十那天，妈妈从早上便开始忙。他们那地方，年夜饭不讲贵，但要敦厚、肥硕、高热量。大青鱼的鱼头汤在锅里熬着；红烧蹄髈得炖到酥烂；卤牛肉、烧鸡要切片切段儿；要预备酒酿圆子煮年糕。厨房里腾腾白雾中，偶尔跳出妈妈一句话：

你也闲着，去小店买瓶黄酒！

公主和后爸就围着炭盆，嗑瓜子、剥花生、喝热茶；弟弟时不时到厨房去问妈妈和姑娘：要不要帮忙啊？！

不用不用！你去吃瓜子！……哦，我有点忘了，你去把黄酒热一热！

年夜饭，姑娘喝着鱼头汤，想到了小伙子：他说乡下，把青鱼或鲢鱼头切开，起锅热油；等油不安分了，把鱼头下锅，"沙啦"一声大响，水油并作，香味被烫出来；煎着，看好火候，等鱼焦黄色，嘴唇都噘了，便加水，加黄酒，加葱段与生姜片，闷住锅，慢慢熬，起锅前不久才放盐，不然汤不白……于是，一晚上，姑娘只顾着喝鱼汤。后爸和公主则忙着吃卤牛肉、松花蛋、炒虾仁、黄豆芽炒百叶、糖醋排骨、藕丝毛豆、红烧蹄髈、八宝饭……后爸吃得很开心，只是到最后，妈妈把蒸年糕端上来时，后爸觉得嗓子堵了堵。

这小子不是该回家过年了么？他打的年糕，就该跟他一起滚回乡下去！

大年初一，姑娘是被雪声惊醒的。是年初一呵，新年到了！窗外扑簌簌地下了雪，她醒来时，雪已经堆到窗台了。好在房间里有炭盆，不冷，姑娘裹在被子里，看着外面白软软的一层雪，都想去碰一碰雪。

乡下是不是也下雪呢？雪是会落到河水、田野、石头上吗？乡下有野鸭子，雪落在野鸭子头上，野鸭子会把雪抖掉吗？野鸭子会背着雪飞起来吗？灰色天空，有个白点在飞？

年初一的早饭，乃是酒酿圆子年糕、稀饭年糕，配上自家腌的萝卜干,求的是步步登高,团团圆圆。多幸福,少是非。到午间,雪住了,就有人家开始放鞭炮啦。雪后初晴,干净峻爽的天色。有亮度缺温度的阳光,寒冷的空气里满是鞭炮火药味儿,白雪上落着红鞭炮。姑娘吃了一肚子的年糕,觉得又不饿,又不冷,可是总不知道该干点什么。

年初一,照例是没有亲戚来的,到黄昏,妈妈就把年夜饭剩下的菜,做成了咸泡饭:冷饭和冷汤,倒一锅里;切点青菜,就开始熬。炖咸泡饭时,隔夜饭好些:盖隔夜饭比刚出锅白饭少点水分,更弹更韧,而且耐得久,饭却没烂,甚至还挺入味。拿些虾仁干——当地话叫开洋——下一点儿在泡饭里,很提味。一碗咸泡饭在手,热气腾腾,都不用就菜就汤,呼噜呼噜,捧着就吃。妈妈叫嚷:

你们不要急着吃!还有十香菜!

十香菜,本地其他人是不做的,这手艺是外婆传给妈妈的。就是黑木耳、胡萝卜、豆腐干、芹菜、榨菜、青椒切丝,和豆芽菜一起炒,外婆喜欢炒得咸一点,可以下白粥。吃罢十香菜,这一年就十全十美,而且不杀生,观世音菩萨也不怪罪……姑娘一直按着个念头,想问外婆这一共就七样菜，哪来的十香，再想想，就捺住了。

初二初三，四处走了几趟亲戚，回家应该吃春饼。用面粉和水搅成面糊，在锅里慢慢烙好了，薄薄一张，夹着肉丝、黄豆芽、胡萝卜丝吃，好；把春饼皮用油煎一煎，就是他们那里的春卷。用春卷皮包了豆沙和芝麻，往油里一落，滋沥沥作响，面皮由白变黄，公主在灶台边伸平脖子看，太近了，一点油星跃起，公主啊呀一声，连外婆都吓到了：

谁叫唤？

到年初五，该上街去溜达了，妈妈便率领家里诸位，去菜市场买些新鲜菜来。回家过年的老几位，也有些回来开铺子了。大家小别数日，都无比惊喜，彼此道：

新年好！这几根油条送了！

恭喜发财！来多拿几头葱！

姑娘和妈妈挎了篮子，沿着菜市场通到家里的青石路，走得咯噔咯噔的；姑娘正在想：青石都磨圆了，往家走着，仿佛踩着夏天的圆荷叶一样，那得多轻啊，蜻蜓才能这样吧……正过了养鸡场，便看见弟弟一溜烟跑过桥来，见了姑娘，双手按膝盖，青筋暴跳喘了七八口气，才找回嗓子，嚷道：

那个，他，哎呀，就是那个——家里来客人了！

这种心情，很多年后，姑娘都叙述不清楚，以至于后来，有时她说：她是根据弟弟的反应，探知了来客是谁；有时她又说，还是因为她的盼望而一厢情愿地相信了，来客就是自己所相信的人。姑娘的心情被这许多种说法缭绕，真相如雨落水面涟漪不断。不管了，姑娘把篮子往妈妈手里一塞，立刻跑过了桥，跑过了"烟九江由醋"的小卖部，没注意到桃花枝略过了发梢，把扎辫子的发带都拉偏了，散着半绺头发。直到家门，她就看见阿公坐在藤椅里，抱着半导体，正慢悠悠唱《珍珠塔》：

"表姐你，用心良苦赠珠塔，情深意重比天高！"

进门去，便见到小伙子坐在外婆床头，正在凝神听外婆倚着床跟他说话，再大声回复着她：

是！是回去过年了！家里，都好！是冷啊！乡下也下雪了！对！啊，这不，回来了！啊，回来啦！

春 天

外婆说她年纪大了,记不得是二月一、龙抬头,还是二月二、龙抬头。总之是,哼哼,二月初这两天,龙要抬头,人须随龙而行,按照惯例,应该吃撑腰糕。

——什么是撑腰糕啊?

——什么?

——哎我大声点,什么是撑腰糕啊?

——噢!撑腰糕,就是把正月里没吃完的年糕,切了片,炸了吃!

妈妈说:今年打的年糕,真是分量十足。大家一起,朝也吃,晚也吃,一个正月里,都没吃完!

后爸心里,默默念着:年糕吃多了,抓心;真是,又不好浪费,吃得人心里火也起来了!——他把这些话排列好了,一如打牌时出顺子列顺序,保证杀伤力,正待开口,只

听公主叫道:

哎呀,年糕炸一炸,比馒头片炸了好吃!阿妈,明年我们还要炸年糕!到时候,要加绵白糖,再来点芝麻!

姑娘说,年糕吃多了,抓心,大家要喝橄榄茶。这些橄榄,是他单位里发给仓库的,泡茶,很香甜。他们乡下人说道,橄榄茶就是元宝茶,喝了,来年捧个大元宝,元宝重得呀,腰都直不起来!

后爸心里,默默念着:年糕也是元宝,橄榄也是元宝,乡下人穷,迷信,不开眼!——他把这些话酝酿定了,就像吃了瓤西瓜,将西瓜子一气从嘴里吐出去,保证够威风,正待开口,只听公主叫道:

哎呀,橄榄茶好喝,橄榄也——我来捞起来吃吃——橄榄也好吃的呀!

后爸觉得自己被年糕噎住了心口,话都说不出来了。

后爸把矮竹椅坐在门檐下,握着他的圆肚搪瓷杯,一口口啜着他浓得发苦的茶。这茶太酽,家里只有他一人喝得下去。茶苦，他习惯了。多年以来，他吃面饼、米饭、年糕、玉兰饼、油条，唯恐不饱，吃饱了，会打面粉味、油条味、芝麻味、豆沙味的嗝；在局里工作，总打嗝不雅，所以得用酽茶压上一压。这茶是局里领的，也不知道名字，只知道初泡时，黑沉沉的；泡到三四汤，变出艳红色来，正如《红楼梦》里说的枫露茶，泡三四次才出色呢……说到《红楼梦》，那个小伙子，真真是个孽障祸胎！他怎么就，嗯，跟谁都能有说有笑？这家竟是他的地盘了不成？后爸发现墙角有个人张了一张，觉得肚子像气球被扎了孔，气一股脑不听话就撒过去了：

啥人？滚过来！

来的是个矮小青年，穿着蓝色工作服，头发上有些粉尘，低眉顺眼，手里一挂蓝塑料袋，塑料袋里是黄的带壳花生。后爸打量他两眼：你找谁？

我不找谁，我是，我是来送花生的。
给谁送花生？
我，我不给谁送花生。阿伯你不要气，我不是坏人，我有单位的，我是造船厂的，现在是午休，我有工作的，我不是小瘪三……

后爸站了起来,身体膨胀得像头冬眠刚醒的巨熊。若非他听见了《珍珠塔》的声音,想到了隔壁摇头晃脑的阿公就在十几步外,他一定已经把蓝色工作服给撕烂了。后爸喝一声:滚!

然后他气得一屁股坐回矮竹椅,屁股和愤怒分量都重,矮竹椅险些倾侧,用力了,后腰又痛了!后爸听着阿公悠闲的《珍珠塔》,气满胸膛:好事情都是别人家的,我一点儿好事情都落不到!

阿公道:

《珍珠塔》,最初乃是清朝的苏州弹词,本叫做《孝义真迹珍珠塔全传》。本地戏里,叙说相国孙子方卿,因家道中落,去到襄阳,向姑母借贷,不料姑母势利眼,与其丫环红云一起奚落了方卿。好在姑父深明大义,表姐陈翠娥情浓意重,赠了传世之宝珍珠塔,助他读书。后来方卿中得状元,向朝廷告假完婚,却先扮了道士,唱道情讽刺姑母,最后亮明身份,与翠娥结亲。这戏有别于寻常才子佳人戏处,全在《方卿羞姑》,讽刺刻薄势利小人,厉害得很哪!

小伙子问:怎么个厉害法呢?

阿公道:

你看这段戏词。当日姑母对方卿说什么"有借有还,再借不难",说什么"本本利利送上门,口说无凭难作证",真是小人。还说"方卿你若有高官做,日出西方向东行,满天月亮一颗星,毛竹扁担出嫩笋,铁树开花结铜铃,井底青蛙上青云,晒干鲤鱼跳龙门,黄狗出角变麒麟,老鼠身上好骑人"。后来呢,方卿扮道士,对姑母唱道:"韩湘子,玉箫品,家贫穷,苦伶仃,叔父把他领进门,受了婶母凌辱气,看破红尘去修行,蓬莱岛上修成真,下山来九度韩文公,阿弥陀佛,恶婶母枉念了弥陀经。"你看,这个讽刺,听着惬意啊。

小伙子正点着头,姑娘从厨房出来,朝他招手:饭好啦!

后爸看着一家人又围坐在一桌,觉得挤着不舒服。后爸看着妈妈和姑娘不自己吃,却把带脆骨的鸡肉和肥腴的红烧鳝鱼段，纷纷往小伙子碗里夹，自顾碗里饭上白茫茫一片大地真干净，便听见自己胸脯如风扇，正在呼啦啦响。后爸看了看自己的亲生女儿：公主连筷子都不拿，对着饭碗发呆，噘着嘴，耷拉着眉眼。后爸瓮声瓮气道：

怎么不吃啊？

弟弟抬头说：在吃呢！

爸爸眼睛瞪起来了：没说你！说你姐姐——你怎么不吃啊！！？

公主头都不抬：我要吃长生果。家里没有长生果了。

后爸将筷子拍在桌上，啪的一响，手掌疼得自己直吸气，就势骂道：

这家里，一个归一个，吃我的饭，不听我的话！我给你们吃饭，你们就这副腔调，好像我欠你们似的！

所有筷子都被放到了桌上。妈妈抬头看了看后爸，又急速扫了所有人一眼。她的思绪快如闪电，试图制造一张油纸，来贴住这缕破窗而入的寒风，在所有人被冻坏之前，将气氛重新变得暖融融。但后爸的野蛮立刻超出了她的想象：后爸揉了公主一下，推了姑娘一把，骂骂咧咧道：

要不吃,都不吃!我吃辛吃苦,便宜了你们这些赔钱货!

小伙子扶住了姑娘,然后巍巍然升了起来,望着后爸:说谁呢?

后爸一把推开了弟弟——弟弟跟跄两步,低头找眼镜——抢到院门旁,捞起院门后成排竹棍中的一支,扬手便打。啪啪两声,正中在小伙子额头上。后爸边打边骂:
老早就说过,叫你不要来了!叫你不要来了!!你还来!!啊!来讨便宜!!你个小瘪三!!

竹棍在门后摆的时间长了,风霜雨雪,由绿变黄,硬而且韧,外面泛着油光,挥起来,呜呜带风声。在外间抱着汤婆子,享用着《珍珠塔》里方卿唱道情,慢慢感受着肠胃蠕动消化之美好的隔壁阿公,听见了哗啪哗啪的声音,吓了一跳;从藤椅里起身,走过来,隔着窗口看了一眼,正看见小伙子的发际上往下淌血。阿公吓坏了,叫也叫不出来,一跑一颠,忙去到烟酒店:不好了!

烟酒店老板听了,放下手里的报纸——用火柴盒压住自己刚读到的那句话处,做个记号——去到隔壁,找联防队查夜的。联防队的人听说见了血,不敢怠慢,也不敢擅自做主,就飞跑去,告诉了派出所,又急着叫阿公:

您快些,叫居委会卫生站的人去!

居委会卫生站的人敲门时,一家人都还陷于见了血的错愕中;卫生站的人进来先问谁伤了,不等回话,已经一目了然,就让小伙子别说话,坐下,给他包扎伤口。伤口没扎完,门口井盖响,两辆自行车来了,一个人门口喊:派出所的!——是这家有人打架吗?

姑娘抬头，看见门口站着了棋友小兄弟，那张平时对着小伙子的棋盘便发愁、看着扫地阿姐的袖套就泛红的面孔，现在压着一顶大盖帽，端庄严肃，像金属般闪光。门外喊完话，他就进门，看见了一切：

小伙子的额头，已经包上了卫生站的纱布，血也擦干净了。地上的几滴血，连着桌上吃了一半的菜肴，看去挺突兀。屋门口挤了七八位邻居，还有十几位，伸长脖子在门口窗外看热闹。公主已经吓得躲进了院里，扒着院窗看屋里；弟弟坐在小伙子身旁，按着纱布一段；姑娘站着，妈妈坐着，后爸面如土色，见了派出所的人，忽然想起来似的，把竹棍往地上一扔：嘎啦一声响。

下棋小兄弟扫了一眼竹棍，又看了看后爸。这时候，仿佛是这一声嘎啦成了信号，小伙子站起身来，就用右手扶着额上纱布，看了看面如土色的后爸，转回头，面朝着棋友小兄弟和他的派出所同事，眼睛扫着门口的邻居，大声说：

没啥事情。就是我自己，刚在说，要砌花圃了，要拿竹棍，去量一量这个院墙，结果么，不小心，出院子门，哗啦滑了一交，额头撞了门框。没啥事情。不要打破伤风针的。真的没啥事情。

他说了没啥事情，就确实没啥事情了。

派出所的人走了。没啥热闹，邻居也散了。阿公被道了几十声谢谢后，也回家去了。

等到门关上了，家里只剩自己人时，小伙子弯下腰，从地上捡起竹棍，看着面色灰黄的后爸。小伙子双手各执竹棍一端，手腕一沉，一拗，啪一声，竹棍脆生生地折成两段。

很多年后，根据姑娘的回忆，小伙子是这么说的。与姑娘一向混乱的记忆不同，这次记忆的字句，清晰无比。小伙子对后爸说：

这样吧。今天你打我，算是过去了。但这是最后一回了。以后，大家好好的，就好好过日子。我平时游泳，跑步，在乡下也会打架，打你这样的，十个不在话下。以后你打我，我就揍你。你再欺负他们几个，我也揍你。你欺负一次，我揍一次。

后爸对弟弟说：吃鸡腿，吃鸡腿。鸡腿有营养，吃了对学习好！你的饭呢？来浇一点鸡汤，也好吃的。多吃一点，啊！多吃一点！

后爸对妈妈说：吃鳝丝，吃鳝丝。这个鳝丝，切得好啊，青椒丝和鳝丝，细得来，也搭配，味道也香！
妈妈瞧了他一眼：这是我自己切的！我自己倒不晓得！

后爸对外婆说：今年的韭菜上来得早，我下班溜过去看到，就买了些。您看看，头刀的韭菜，还嫩水水，也没有怪味道。炒的时候，盐都只要放一些些，就浓，就香，炒出来，一汪绿汁水。您吃点！
外婆侧过耳朵：你说什么呀？

公主把嘴撅成了一条鲶鱼，发现后爸在看她，便低声说：我没有长生果吃了，我想吃长生果……
后爸左耳朵听见了，便将耳朵一侧，把这些话倒出来，对身右的姑娘，放大声音说：
那个谁，啊，有好几天不来了嘛。他，哎，什么时候再来啊？

姑娘说：他在单位忙。他说要回乡下家里，跟他爸妈说这个事情。

后爸的手抖了一下，筷子尖端给弟弟夹着的鳝丝也险些落下。后爸问：说这个事情……是什么事情？

姑娘看看后爸，说：说事情呀，就是说我跟他谈对象的事情，不是其他事情。爸爸，他说过去的事情就过去了，不要再提起来了。

后爸点着头，说：对，对，不要提起来了。我，我还是心里有点下不去。哎呀不对，我就不应该提。不提了，不提了。说起来，也是我不好，哎呀，还在说这个。不说了，真的不说了……那个，他的额头，会不会，啊，会不会？

姑娘说：应该不会留疤吧，应该不会。

姑娘说：应该不会留疤吧，应该不会。

姑娘说着话，双手慢慢卷起了纱布，在阳光下端详小伙子的额头：抬头纹的走向未变，发际线也没见痕迹，额头光亮亮的。姑娘点点头：应该不会。

她问了小伙子：过年回去，都做什么了呀？小伙子就一一说了：

坐公共汽车，到机床厂，过了河，走一程，会看见路边的一个红烧大肠面店，老板站得笔直，好像个当兵的；沿着河走，看河分叉便向左，自然看得见一片所在，河弯成一个之字形，鸭和鹅就在河里泛着。

小伙子说：我回家去，过了桥就认得，小时候在桥洞里河岸石头上捉过蛤蟆，我妈常在这河里淘米；长大了，我就在石头上坐着钓虾，钓了虾，就去轴承厂墙洞里钻去，偷一些碎木料，和我弟弟烤虾吃。

姑娘说：你还有个弟弟！

小伙子说：我们乡下，房子不整齐。有些是木头的，门槛高，要跨过去；有些是瓦房，门口就扫得干净。过年的时候，要请大师傅，到院子里炒大锅菜。小男孩顽皮，放土炮，炸得小女孩吓哭才好。亲戚大人在房间里拉家常，讲老年头的事情，吃瓜子，吃花生，吃糖果，狗到黄昏就会叫。

小伙子说：晚饭了，亲戚就要坐在大圆桌旁边，喝酒要用碗，白酒才用杯子呢。年夜饭，先上凉菜，是牛肉、羊肉、肚丝、枣子、皮蛋、香菜。我喜欢吃羊羔肉,冻好了,切好了,放一点青椒丝,放一点辣,吃下嘴去,羊脂膏便烊了——就是融化了——特别的香。冷菜吃好了,再上热炒;热炒好了,再上蹄膀和整只鸡汤。师傅这时候做完菜了,也要上桌吃饭。吃醉了的人,就要到隔壁去串门,大家来回。这时候就要开麻将桌了,吃的人吃,打牌的人打牌。男人打牌,女人打毛衣。到半夜三更,要过年了,就要上鱼汤,年年有余;鱼汤里要放辣和醋,为了醒酒,热鱼汤喝掉,再吃点年糕,就要过年了……

小伙子说:今年过年,真真不得了。我们年夜饭,讲究吃一个大蹄膀。师傅手艺不说,五香、八角、酱油、砂糖、酒,都要够分量,要煨一整天。肉汁要香甜,能拿来拌饭吃。肉一定得烂,最后端来上桌,大师傅要用块猪腿骨,把肉一划开;腿心肉须能扯开,才行。

这一年的故事是这样的:那天年夜饭,小伙子的弟弟和一位常州来串门的伯伯对上了。两个都是好胃口,又常饿,先是打赌,吃白馒头。小伙子的弟弟把白馒头掰开,往缝里塞咸菜,面上抹了腐乳,吃完一个馒头,就喝一小口萝卜汤——萝卜汤消食通气。那位伯伯很豪迈，干嚼白馒头，就白水。两人吃完头几个馒头，都开始站起来溜达，皮带也解开了。吃到后来，小伙子的弟弟觉得喉咙里塞了棉花，那位伯伯索性就晕过去了。

小伙子说到这里，一拍大腿：

这时，还是我妈厉害！她就排开人，给伯伯按摩肚子，说不要喝水，不然馒头涨了，人会噎死；等伯伯打了一个格里咕噜的长嗝，我妈就给他一拍后背，好了！这时候啊，你是不晓得了，我姐姐（姑娘说：你还有个姐姐？）正好端红烧蹄髈上桌来。你是没看见，我伯伯眼睛还没睁开呢，刚从鬼门关回来，就说了——红烧蹄髈啊，你们吃腿心肉吧，我要肉皮！

姑娘想：乡下人吃起来，是这么凶的呀！

小伙子说：乡下平常时候，喝汽酒。这种酒是乡下厂里自己酿的。那些酒灌了点儿气，味道像汽水，稍微有点酒的味道。开大卡车的司机，夏天上路也喝，不会出事。奶奶婶婶阿姨小妹妹们都可以喝，喝了，也不醉。过年了，小弟弟妹妹们，喝了汽酒会有些困，吃着年夜饭，就呼呼睡着过去了。

小伙子说：过年了，亲戚来，就不能喝汽酒了，要喝自家酿的米酒。这种酒是过得重阳节，自家在屋里酿的。年夜饭不好喝太多，不然过不了年，年初一开始喝。米酒味道凶啊，再好的酒量，抿一口，嘴里也要丝丝丝丝响，吃两碗，就要头昏！小伙子说：过年，要串门，就要吃酒，还要品评酒的味道。这家的香，那家的辣。热闹。

姑娘想：乡下人喝起酒来，是这么凶的呀！

姑娘正想着，便看见棋友小兄弟推着个三轮车飘了过来，见着认识的，便发一个盆：

别客气！我跟酒酿阿福叔买了一整车了！我请大家吃酒酿！阿姐，阿哥，来来来！你们要两盆！阿姨！你也要一盆！你家阿叔在不在？阿伯？你要不要？我送到楼上来？

小伙子用勺子舀了一勺酒酿吃了，嘴里丝了一声，朝下棋小兄弟道：

今天阿福叔这个有点味道重啊！——你是哪回事体？请客啊？发财啦？

已经飘出半条街的棋友小兄弟没听见，扫街阿姐跟着他过来，接住了这句话，脸红红的：
不是的，他哪里能发财，他是穷光蛋！是我的户口啊证件啊，都办好了，这下子，我们就好去登记了。

那，这个就是喜酒？

哎呀，怎么好这么说？到时候，正经喜酒，是要请大家吃的。这个请大家吃酒酿，就是他高兴了，发痴了，十三点，发神经，没吃喜酒就醉了……

种花阿伯坐在平台边，两脚挂将下来——刚才接了酒酿盆时，他就这姿势，懒得站起来了——吃着酒酿，嚼着酒米，含含糊糊地说：今年春天头，我看啊，喜酒不止这一桌呢！

阿婶喝道：我看你屁股又痒了！又要去摔一跤了！这次你摔死了，我一定看都不看！惯死了我才清净，再也不担心！

酒酿,在他们那里叫这名字,在有些其他所在,也叫做醪糟。过年时,可以做甜食配彩色小汤圆吃,平日也能干喝。在他们那里,酒酿是一年到头吃喝的,但最好的酒酿,是正月后二月间,自己在家可以单做的。平常,酒酿阿福叔踩着三轮车,后厢覆着白布,白布下是一盆盆冰凉甜的酒酿——酒汁配着糯米饭——一路嚷:

阿要酒酿?酒酿甜的!阿要酒酿?酒酿甜的……

妈妈说:今年有了炭,我们做酒酿也快一点了。

姑娘说:他家还有个弟弟,还有个姐姐。他们乡下人吃起饭喝起酒,看来都很凶。他倒不凶……

妈妈说：酒酿出来，我们就不要买街上卖的了。阿福叔今年的酒酿，都有些太凶了！

姑娘说：扫街的阿姐，说是本来，也很辛苦。她是泰州那边过来的，到这里，没有户口……

妈妈说：以前糯米弄好了，家里不够暖热，酒酿总要一个多礼拜；今年有了炭，我看，三四天也可以。

姑娘说：有了户口，她就好登记了。他们也是不容易。

妈妈说：你说多少糯米合适呢？今年我们是自己做了吃，还是要送人呢？

姑娘说：说他们要吃喜酒，要请个两三桌……

妈妈说：我看你啊，想吃喜酒，想得人都戆了！我问你啊，你要不要送点酒酿给人家？

妈妈往锅里缓缓倾倒糯米，外婆目如鹰隼，审视着，到了，一挥手，便停。

外婆自己将手洗得干净了，将糯米堆按了按，拍拍松，务必通气，然后缓缓倒了煮开过又凉透了的井水下去，过得糯米堆，停了，就让妈妈把锅上灶去煮。

外婆回头，对姑娘和公主说：你们也要看一看的呀！来学一学的呀!将来你们嫁出去,自己也要做酒酿给老公吃的呀!

公主鼻子一动,道:我闻见粢饭的味道了!阿婆,这个粢饭不要都做酒酿,留点晚饭吃吃,好不好?

煮熟了的糯米饱胀白满,外婆待其凉过,使大木勺,将糯米由锅换盆,放进大盆里,盖上一层油纸,裹上薄棉被,搁在炭盆旁;外婆将木勺和锅底的糯米饭扒拉了,凑了小半碗糯米饭,撒了些白糖。公主接过了,自己坐到院子里去吃。外婆对妈妈道:

我算着,大概一个星期,就好了。

清明后,真会落一阵春雨,不大,只湿一层地皮。天上成堆的胖云就此瘦了,碎成了小鱼鳞:是还贴附在鱼身上的鱼鳞,而非云下河上,被船娘切下来的鱼鳞。船娘握着一条条剖完鳞、取完内脏、大拇指粗细的小鱼,放进慢火煮着慢条斯理咕噜噜响的粥锅里,滴了一点酱油。出锅的时候,撒了一把葱花。小伙子就坐在船上,和船家少年吃着这样的小鱼粥。船家少年朝老婆嚷:太小了!吃不出肉来!

这不是给你吃肉的!是吃味道!多鲜啊!
你都不放酱油,哪有味道!
你们男人家舌头钝,吃不出鲜来!春天的小鱼,就要这么吃才鲜!
说我不懂!好像就你懂得鲜!
我就是比你懂!就是比你懂!

姑娘走到跳板边,跟小伙子说:明天礼拜天,妈妈要你过来吃饭!我就来说这一声,我就不上船啦!
小伙子点点头,船家少年和船娘齐声道:阿姐,来吃碗鱼粥好不好?

姑娘摇摇头，看看小伙子，看小伙子又点头确认了第二遍，便手插在衣袋里要走。小伙子在她背后道：

我也有个事！前几天有个人来找过我，问起你姐姐来！

是个什么样的？

是个造船厂的，说是给你姐姐送花生的。他倒是没多说别的，你就回去，问问你姐姐看吧。

问什么呢？

问问你姐姐还要不要吃花生！噢，要不要吃长生果！

星期天，小伙子送来了一大袋淡紫香椿芽，说他有同事出差去北方，带回来的，前两天刚到。外婆大为惊喜，回忆着自己多少年没在谷雨前吃到紫色香椿芽了，就吩咐妈妈烧开一锅热水，将香椿芽烫了烫，拌了麻油；大块豆腐切好了，用水烫一烫，下一些盐，等一等，和香椿芽一拌。屋内屋外，一起叫出来：

好香好香！

姑娘和弟弟就各捧了两小碗香椿芽豆腐，送到隔壁去，带回来一箩筐感谢赞美，以及隔壁阿婆的一把梅干菜。午饭，一家人就吃了热粥和香椿芽拌豆腐，越吃越香，盘中豆腐见底了，公主还把盘里的麻油香椿倒在粥碗里，再拌一拌吃了。收拾碗筷时，妈妈忽然想出个主意来：

清明都过了，你们应该去洗个澡！到谷雨，天就热了，去浴室洗澡，就嫌晚了！就你们三个男的，一道儿去！

后爸、弟弟和小伙子各抱着一个盆，盆里带着换洗衣服——小伙子没带换洗衣服，妈妈和姑娘给他翻出了几件后爸的旧衣，比量了一下，还算合身——一起出发去洗澡。爸爸觉得身边带了俩年轻人，就像鞋子不合脚，走路的速度都得迁就着，感觉奇奇怪怪。午后多云天气，天空一片是蓝的，一片是云；云间隙又有阳光撞来撞去，折射出黄灰紫白；卖韭菜的小船，桨声哗许哗许的。主妇蹲在堤岸边，双手踞着搓衣板使劲，一边怨怅着各自家的老头子。小伙子和弟弟沿街跟人打招呼：馄饨店的，馒头店的，电影院的，卫生站的……后爸觉得单是自己不说话，有点尴尬。

到浴室了，小伙子先一步，挑起了大棉帘子；后爸此时也不大好意思挺着腰进去，就客客气气，略弯了弯腰，和弟弟一起进得门；双手接过热毛巾来揩完脸，小伙子给伙计扔过去一支烟；掌柜的立起身来，后爸未及开口，小伙子先道：三个铺！

随手又朝掌柜的递过去一支烟，掌柜的笑着，把烟夹在了耳朵后面。

因为是午后，他们来得早，池水还清亮亮的，池子里加上他们，也才五个人，另两位老人家白布敷额，在池子里躺着，半睡着了。后爸在热水里泡了会儿，觉得身上骨刺刺痒起来了，就起身去池边坐着，喘几口气；弟弟也被热水闷得一头是汗了。小伙子睁开眼，问后爸：

您不闷吧？还好？

没事！没事！

后爸看弟弟一头汗，脸通红，想了想，说：你出去，问茶房要杯茶喝喝，解解渴。

弟弟看着后爸，愣了愣，说：噢！

小伙子从池里上来，看后爸胖，搓洗够不着背，就问他：要不然，您趴好，我给您擦擦？

就将后爸河马般的身躯放倒在池边,让后爸背朝上,小伙子自己毛巾拧干了水,先在后爸背上虚擦了一遍,然后着力刮擦了几下;后爸嘴里嘘了几声,吸一口气,连声道:

惬意!惬意!——这里痒,哎呀!——哦哟,这里有点痛!

小伙子警惕地伸出手,按了按后爸的腰:这里?
对对!

小伙子去问伙计要了滚烫的热毛巾,敷在了后爸的腰上;后爸趴着,觉得后腰如疙瘩般的疼痛,慢慢被滚热感融化了;不痛了,松快了,人都想睡觉了。正舒服得迷迷糊糊的时候,朦朦胧胧,浴池边门帘挑起,进来一个人,左脸有块疤。后爸紧张了一下:是这小子!——他要来抢我的水龙头吗?

却看见那小子径直朝小伙子过去,一毛巾打在小伙子肩上,笑道:你好的!你厉害的!自行车就不会坏的!我都听说了,前几天去哪边儿,农贸市场?自行车脱了链,都不找我修,自己就能弄好了,是吧?——这两位,你们一起来的?噢大叔好,小弟好!我先洗,一会儿出去说。

后爸龇牙咧嘴地趴了会儿，正觉得后腰的毛巾凉了些；弟弟过来，把毛巾拿起，对后爸道：

爸，我去换一块。

后爸目不转睛地看了弟弟一会儿，坐起身来，拿热水扑了扑脸。他走到水龙头处，左脸有疤的年轻人正给头上打肥皂。后爸嗫嚅着，没说话，就站一旁等；左脸有疤的年轻人侧头看到他，就让开两步：大叔，您先冲吧。

谢谢呀！
不谢不谢！

后爸冲着热水，觉得全身连眼睛都热起来了。冲完了，擦干净身体，躺在外间床铺上，觉得全身松快。掌柜的端来茶，后爸都没看，喝了口：哎，今天这个是什么茶叶？

小伙子也用眼睛去问掌柜的，掌柜的笑眯眯道：今年玉兰花开得早，我就把玉兰花摘下来，洗洗干净，泡一泡茶给你们喝……

小伙子舒一口气,道:城里人真会享福,玉兰花也好泡茶的。我就知道玉兰花可以做玉兰饼。

后爸又喝了一口茶,觉出苦甜清爽的味道了,觉得自己也成了一片玉兰花瓣,被热水把魂儿都泡走了。喝惯了浓黑的茶,喝这苦甜清白的白玉兰茶,不太习惯,但也挺好。后爸喝完半杯茶,仰面躺着,又有点不好意思,问小伙子:洗澡么,泡一泡就好了,倒要多花钞票,睡床铺,喝茶,这个……

小伙子说:大妈想要我们三个一起出来洗澡,应该是在家里有事情要做要商量。我们呢,就多躺一歇儿,自己躺得舒服,也好让她们,有什么事情说说清爽。您说对伐?

啊对对!说得有道理!!

三个洗罢澡、躺过一下午、喝了一肚子茶、满身玉兰花味道的男人,器宇轩昂,一身白气蒸腾到得家中,犹如仙人腾云驾雾一般。家中的女人们,一起剥吃着花生,坐等着。姑娘见三人回来了,便去提了茶壶来,让三人喝热茶、吃花生。小伙子就说起回来的路上,看见养鸡场门口有工作人员蹲着，刷洗食槽的事。妈妈就一拍手：

正说道，想要在院子里养鸡，说了好些时候。我想学菜市场上他们的样子，编个鸡笼看看，但是鸡笼太小。怎么着才好养鸡呢？

小伙子说：我们乡下养鸡，是立个高一点的篱笆，把鸡围牢了，上面摆几块竹片，透光，也好扔吃的；用板子做个鸡窝门。我看院子里，地方大小，是可以做的。喂鸡，乡下是喂珍珠米和酒糟。鸡吃了酒糟，就吃醉了，也不叫，也不跳。

姑娘问：什么是珍珠米？

妈妈说：就是玉米。老年头的人，是这样叫的。那么，下次你来，就做个鸡窝吧。

小伙子又道：我寻思着，不只是做鸡窝。院子里地方大，好修个花圃的。

后爸道：我也寻思老久了！可是花圃啊，砌起来很麻烦。砌起来了，花圃里头，又不晓得种什么花。到黄梅天，一直落雨，又怎么办呢？

小伙子深思熟虑道：我有办法，就用砖头，靠墙砌个矮矮的花圃，种些好养活的花，还可以种些菜，靠着墙，可以省一半的砖头！院墙上面，架一个花棚，吊些爬山虎啦，丝瓜啦，都好；花棚可以给花圃挡雨，不怕花圃积水。到了天热起来，还能乘乘风凉！

天将擦黑了，妈妈便去厨房，拿了一个罐子，又在灶上拿了个油纸袋，递给小伙子。姑娘就对他道：

妈妈说天晚了，不留你吃晚饭，怕你吃得饱了，走夜路回去不小心——前几趟你来吃饭，没想得这么周全。罐里是酒酿，回去自己吃也好，下汤圆也好，不要吃多了，会醉的；袋子里是韭菜饼，韭菜有些老了，但还是蛮香的，放在煤球炉边，热一热，热透了才好吃。

小伙子道：好！
姑娘道：要下雨了，我撑伞送送你。
小伙子道：好！

姑娘撑着伞，和小伙子一道儿走着，专拣没有水的地方落脚，掂脚尖，摆小腿，仿佛在雨中舞蹈。姑娘道：你在我家里倒能说会道，现在跟我一起走路，倒不太会说话了。

小伙子道：那，你去跟你爸爸妈妈说，我下个礼拜天就来帮忙，弄起花圃来。你让你爸爸，准备些砖头，多备些吧，一百二十块，咱们可以垫六层高。准备些灰泥，砌起来方便；木头什么的，我来想法子。

姑娘道：你又在说我家里的事！却不跟我说说我的事。
小伙子看了看她，道：我说你家的事，也就是，也就是在说你的事了呀！

姑娘咀嚼着这句话，没想出词来，小伙子已经接话了：
你都送到我单位啦，你回去吧！——天晚了，要不要我给你雨衣，你骑我的自行车回去？

姑娘还在犹豫，身后河上，船娘喊道：阿姐！你是不是要去鸡场桥？我们正要去！你就上船来，我们捎你，到鸡场桥让你上岸！
船家少年喊道：阿哥！你就放心吧！

于是姑娘就站上了船头,跟小伙子挥手告别,看着一片白瓦房黑屋檐横移过来,遮住了小伙子,姑娘这才坐了下来。

于是天色暗了,窄河道里,河水幽绿,雨不大,打出一个个小荷叶形的涟漪,周遭白墙房屋,都迷蒙一片。船家少年在船尾,光着头任烟雨打着,用方言唱着歌,姑娘问他:你唱的什么呀?

啊水边芦苇青,水底鱼虾肥……

这个歌,我也会唱的。可是怎么你唱了出来,口音我听不懂?

阿姐啊!天底下水上面,太大啦,城里乡下,口音太多啦!

嗯对!

船娘用一顶草帽遮头、一件塑料布当雨披,在船上来回走,边说道:阿姐你别听他瞎说,他就是个乡下人!话也说不清楚!

矮个青年接口道:我不是乡下人!我是船上人!阿姐,到芦苇青的时候,鱼也肥,虾也肥;虾肥了,能把壳儿都涨破,等我有了肥虾,我就找你和阿哥,一起吃虾喝酒……

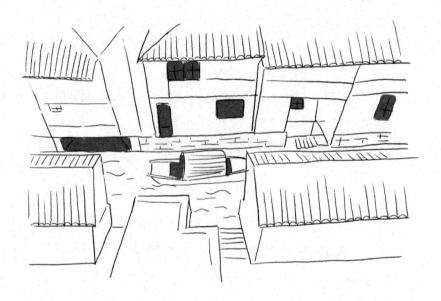

春日阳光如薄酒，清澈略凉不醉人。三只老母鸡仰头发呆，望着些微散落的周日阳光。妈妈自鸡窝上方竹片间隙里，俯视着鸡们，确认它们顶不翻、飞不出，鸡窝门也结实，便觉得满意了，喝一声：好！

公主在院子屋檐下摆了圆凳坐了，捧着青团子吃。他们那里的习俗，春天的青团子，是菜叶子榨出汁水来，和了面粉蒸的，通常馅儿是豆沙；有些家里懒得碾豆沙，便去问汤圆铺或玉兰饼铺子买现成的。青团子嘛，主要吃个春天劲儿，吃个颜色。公主看着鸡窝，张开嘴，露出被染绿了的牙齿，大声问：

阿婆，养着鸡，以后我们每天，都可以吃炖蛋啦！

坐她身旁的外婆，将耳朵凑过来：啊？你说啥？炖什么？

蹲在院中的小伙子听了，站直身体，露出上下门牙，笑道：给阿婆喝一口黄酒试试看？说起来，我爸爸也是的，耳朵聋，喝一口黄酒就好了！

弟弟和后爸则继续蹲着，塑造着花圃，好拘束住蓬郁曼绿的花草，后爸抹一道灰泥，弟弟递一块砖，后爸安上砖，

摇一摇来稳住,时不时脖子朝后仰,眯起眼睛审视:

没有砌弯吧?没有砌歪吧?

姑娘道:没有!我看着呢!

后爸抬头,眯起眼看了看太阳,点点头,说:好!咱们接着来!

小伙子休息了一会儿,接着蹲下去,仔细固定着木条:木条纵横交错,快要形成一个长方形网状大花架子了。

小伙子道:

爬山虎呢,我带了一些茎来;这些茎,看着还不长,但是春天里,长起来特别快。一会儿花圃好了,我就把爬山虎种下去,就种在靠墙的泥里,等它自己往上爬,爬到墙上,往花棚上一搭,就好了。它长不到架上去,你们也好把它搭过去的。丝瓜这个蔓,也要多浇水了。我不知道是不是种得活,咱们多种一点。反正也不是为了吃丝瓜,就为了多一些藤蔓嘛!

小伙子道:

花盆里的泥,加一些碎蛋壳和松香,可以长好一点;我们乡下,有时候,用粥代替水来浇花,可以施肥;夏天煮了绿豆汤,也可以浇泥的,只要别浇在花上。花圃里也不一定都得种花,可以插几竿竹子,一年四季都很好看。也可以在花圃边上放些盆,小盆子种水仙,大盆子种莲花。竹子周围可以种一点梅花,围起来好看;墙边上有藤蔓了,就可以放石头。河边的石头都很好:有水纹,还干净,很好看!也不用特意买。

后爸点着头:真是说得有道理!这个布置法,就像《红楼梦》里说的,叫做"有自然之理,得自然之气,虽种竹引泉,亦不伤于穿凿"。

妈妈问:《红楼梦》里哪里有这句?

后爸得意地说:我说的,都是书里面的;你听的,都是越剧里的!你当然不知道!

妈妈道:啊哟,天下只有你看过书!

因为春日阳光好,妈妈开了院门后窗,就在院里屋檐下摆起桌子、竹匾和碗,包起了馄饨。外婆和姑娘一起帮忙。他们那里包馄饨,是切好了一叠方正的馄饨皮子,拿起一张来,四边蘸些水,中间抹一抹馅儿,就将馄饨皮两边对折覆住了馅儿,再打个花折子叠扣好,全借着水和面粉的粘劲固定。

妈妈道:

你们今天有口福!这个馄饨,是荠菜馅馄饨!两个女儿,一起剁的新鲜荠菜,新鲜猪肉,加了开洋和麻油,馅儿新鲜。我站在这里包,你们都能闻到香味道;等煮出来,更加不得了。

后爸一回头,看看公主:你也剁馅儿了?

弟弟说:是的!我看见了!姐姐剁得可厉害了!

公主委屈地瞪着后爸,道:我是不会包馄饨,但是我会剁馅儿啊!——我又不是戆的!!

后爸听着小伙子喊"一、二、三",两臂一较劲。后爸、小伙子和弟弟三人合力,将做好的花棚架子托上了墙头。后爸喘着粗气,满意地抬头,看阳光从井然有序的格子和边框的绿叶里,丝丝落落,透将下来。

后爸点了点头:

好啊,好啊,咳咳咳……好啊!来来歇一歇,咱们吃点酒酿圆子,吃点糖芋头!——这辰光不是秋天,没有桂花,芋头倒是好吃的。

妈妈说:我好容易做的糖芋头,都给你做了人情去!

公主嚷:啊呀,我想到了。阿妈,养起了鸡,以后我们每天都有茶叶蛋吃啦!

在他们那里,茶叶蛋是最家常的零食。惯例是:街边坐一位阿婆,戴蓝袖套,面前坐着一个煤球炉,一个锅,咕嘟嘟煮着茶叶蛋。锅里有卤汁,泡着调料包,小火微冒泡。

妈妈说,煮茶叶蛋可是很讲究的,一不能久煮,因为煮久了蛋黄变松,味道发苦;二不能大火,不然蛋白老而韧,不嫩;三调味料得用心思,说是茶叶蛋,其实茶叶就取个味道,全称是"五香茶叶蛋",五香才是主味,茶叶主要能多个香味；蛋壳得略敲碎，这样一来好看，二来好剥。在他们那里，加上萝卜丝饼、梅花糕和玉兰饼，就是街头小四样了。茶叶蛋好在用个塑料袋就能拿，也不怕冷，不像其他三样，得趁热。

立夏之前，一家人带着小伙子去爬山，妈妈和姑娘就合力煮了十四个茶叶蛋。这回可不比秋天，不是走锡山，而是爬惠山了。三百来米高，需要费些事。弟弟将年少气盛，兑现成了冲在第一个上山的步伐，公主次之，妈妈和姑娘合力扶着外婆，爬一程，小伙子和后爸就在旁边接手扶着。春日里百草丰茂，山色葱绿，不再如冬日那么斑斑点点着红黄灰。早上落了一阵轻雨，山林里还有清鲜的雨味，枝上时有水滴缓慢垂积，落将下来。山上望下去，水汽犹重，弯曲的运河上，也是一片白茫茫。姑娘和小伙子并肩站在山顶，伸手指点：

那是我们厂！
那是我们仓库！
那是桥！
那就是我们单位总部大楼！你没去过吧？

啊，不太远啊！

本来就不远啊！

我还以为，去你们单位要坐公共汽车呢！

哪呀，骑车十几分钟也就到了！

那，你回乡下去，远吗？坐车久吗？

乡下还是很远的，爬这么高，还是望不见呢！

以后我们有照相机了，就好爬山，把这个拍下来！

大家在山顶吃完了茶叶蛋,沿后山而下。下山时,一路都是后爸和小伙子,左右扶着外婆,小伙子叮嘱外婆小心脚下石阶新长青苔滑。后山林叶参差,竹木穿天,大家的脸上身上,都翠绿逼人。竹林间有鸟噪声,有戴着草帽挖笋子的山麓居民。妈妈就走过去问价:

笋子怎么个卖法?

这个不一定!挖出来了,看大小,再分定价钱!
那就挖几颗吧,我们要做腌笃鲜吃的,不是用来炒的!
好!

江南人对春天敏感:吃了一冬的红烧蹄胖之类,闷得脑满肠肥,油脂如大衣裹满身躯,急待些清爽的,于是见了鲜笋就两眼放光。腌笃鲜是个好样儿的:荤素连汤皆备,够一大家人下饭了。姑娘在厨下剥笋,妈妈切好了鲜猪肉,切好了咸肉,洗净,将水大火烧开,下了肉,加点儿酒提香,慢火闷了一闷,加笋,开着锅盖,慢慢地等。到晚间,汤色变白泛黄,勺子舀起来,香味醇厚。

妈妈喝了一口汤,说:这个笋好!

小伙子喝了一口汤，被鲜得吸溜了一口气：真好！

后爸引经据典地道：这说明这个笋，很得时气；今年春天是个好天，种什么长什么，而且暖和！你们回来时看到没有？桃花都开啦，开得那个艳！

公主问：那么，到了天热起来时，桃树上可以长出水蜜桃来吗？

正说着话，有人敲了三下门。迟疑了一下，又敲了三声。姑娘走去开了门，看了看，然后引进了一个人来，说：姐姐，有人找你。

公主看了看，站起身来。见那人是个矮小青年，穿着蓝色工作服，头发刚洗过，还湿漉漉的；低眉顺眼，手里两挂塑料袋。后爸和小伙子也站起来了。

那青年没敢看公主，却朝着后爸，低声说：阿伯，阿叔，我，我不是小瘪三，我是造船厂的，我有工作……我是，来送花生的……我……我也是来给你送茶叶的……雨前的茶,没有明前的好,可是,可是我买不到明前的……我,我还带来了些马兰头……

后爸看着他,听他说完,便又坐下了。后爸问:
你后来,是不是还来过我家?

来,来过的。
你趁我不在家的时候,来的,送花生,对不对?
对,对的。

后爸看看桌上,满桌的人都带着一副了然于胸、净瞒着他一个人的表情。后爸又看了看他,嘴角咧了咧。妈妈站起身来,对矮小青年说:马兰头是好的,那么我先拿去,拌一些豆腐干来吃吧。

大家发现有插话余地似的,先后说好。外婆忽然耳聪目明,面向着矮个青年,但又似乎在跟小伙子说:春天里,马兰头拌豆腐干,很香的,加一点麻油,就教人吃不停嘴。
小伙子眼望着矮个青年,说:是,我们乡下,有时都不加麻油!香豆腐干,自己都够香了!用马兰头拌豆腐干,下粥!

大家附和着,妈妈走去了厨房。后爸又呆坐了几次呼吸,吸足了一口气,让腹腔都饱胀了起来,然后狠狠叹将出来,对矮个青年说:

既然来了,坐下来喝碗汤吧。今天刚挖的笋,汤还很鲜的!一会儿,就吃你送的马兰头!——我以前经常去造船厂,怎么没见过你呀?你们陈书记好不好?

吃过了饭,后爸以为春色难得,不要坐在房间里彼此发呆,就让大家去院子里坐地,看看花圃,看看爬山虎如何乖乖地攀了花架,还要喝一口黄酒——春天到了,是可以喝凉黄酒啦。

小伙子拉着姑娘的手,走到桃花树下,小伙子严肃地对姑娘说:

我有两件事,想跟你说。

因为桃花树影,他的脸上有些阴暗面,于是端庄的表情,透出与寻常不同的严毅来。姑娘忽然有些畏缩,不知是好是坏,但似乎终究是大事了。她伸了伸脖子,道:嗯。

小伙子说：第一件事是，单位领导觉得我做得好，可能要回总公司了。以后，我就在总公司和仓库来回上班。比如，可能一个星期，两天在总公司，三天在仓库，还有一天出差。我暂时还是住仓库门房，但单位可能在考虑，给我在大礼堂那边的新村里，分一间房子。

这是好事情啊！

嗯，还有一件事。

日影西斜，小伙子的脸上被夕阳染成暖黄色，眉间阴影愈重。因为色调、光影与表情的联合工作，姑娘紧张起来，脊背发硬。小伙子说：
你注意过没有？我不能抿嘴笑。
啊？什么？
我每次笑，都只好露出门牙，不好抿嘴笑。
为什么？
我的门牙被撞掉过，是安的假牙。假牙不是很合适，前凸，顶着嘴，所以我笑的时候，必须露上下牙齿。
噢……你就是要跟我说这个？

是的呀。不戴假牙，人就会很难看，像老头子。但是戴了假牙，就很不自然，而且，到底是假的……我一直没有说这件事，是怕你不喜欢；今天想想，还是告诉你一声的好……你，嗯，你怎么看呢？

姑娘的心忽然松了，就像被绳捆索绑的螃蟹，忽然被解了绑缚，掉进了水里，开始横向行走。这种放松，令她先前的压抑紧张揪心，忽然变滑稽了。话太多，在嘴里来回撞，不知放哪句出口来才好。最后，已经压不住笑容，必须张嘴了，姑娘笑啐了一声，说：

我看啊，你是戆的！

夏 天

爱情犹如初夏阳光,照得平坦处灿烂无碍,明亮到令人睁眼不得;拐角处便有幽暗,显出让人不安惊惧的所在;越陌生的地方,拐角越多,所以爱情生活总是看似烂漫,却忌惮突如其来的陌生境遇,常让人受惊吓。姑娘这天就吓到了。

在自家厂门口,看见小伙子踏着桥走了过来,身侧流水幽碧,初荷开放。姑娘叫了一声:

你,什么事情啊?

没啥事情啊。

没啥事情,你到我厂里来干嘛?以前,你都没来过。

我么,上礼拜周末出差去苏州了,这个礼拜就调了休,多一天休息。我想,到你厂里图书馆借几本书——我们仓库可没有图书馆,单位也没有。

哎呀,厂里的人会发现的呀!

发现了,又能怎么样呢?

姑娘说不出话来了。是了,发现了又能怎么样呢?

随即,姑娘发现自己的担心很多余。身边出现一个男人,厂里的人并未大惊小怪。走廊上的众人对面见到,只是点头微笑,礼貌地问候,流露出一切烂熟于胸的表情,仿佛天下人都已知道,单姑娘一人还将这事当秘密藏着。书记甚至还笑眯眯地,朝姑娘点头罢,又朝小伙子点头:噢,就是,就是这位啊!哈哈哈哈!!

姑娘将小伙子掖在了布匹仓库——小伙子被她推进门去时,在走廊上扔了一声笑,道:我这辈子,看来就是仓库命啦!——独自去图书馆,借了小伙子要的《飞龙传》、《薛丁山征西》、《镜花缘》,去到仓库,递进去,嘱咐小伙子在仓库看书,别出门,等自己下班。再坐回桌子前,描绘缝纫图样时,姑娘工作得格外认真,平时嘴里默数的一些字,这会儿都念念有词起来。明明周遭没人看她,但她心里,似乎窗外杨叶、车间吊灯,都在注视她似的。

可是一整个下午时间漫长,阳光明亮,足够按住她的忐忐不安，将她刺猬般张起的刺，缓缓抚平下来了。窗外有杨树和藤萝，阳光令它们色彩鲜艳。姑娘用铅笔画着，时不时削一下铅笔，时时略钝的笔尖画出的线条，依然纤细秀丽。中间并没有人特意打扰她，拿她逗乐；午后越深，阳光在凸凹不平的桌面上走得越顺；她削铅笔，看着刀片将铅笔的尖部，逐渐雕刻成纤细修长的模样，石墨屑、木屑在丝丝声中落下，就像撕碎的旧报纸落在雨里一样。

不知怎的，看见这些琐屑留在阳光里，铅笔被削干净了，她的心情宁定了。下班还有一小时，她送完图样，去到布匹仓库，敲门；看仓库的小姐妹伸头出来，扮了个鬼脸，说：
就这么睡着了！

布匹仓库的布料堆积如山，小伙子就睡在山坳里，身边摆着三本书。姑娘哭笑不得。看了小伙子一会儿，摇摇头，看看小姐妹：
让他再睡一歇儿。我过一个钟头再来叫他。

小姐妹答了当天下午，唯一带有戏谑口味的话：
我看你，还没当妈妈，已经会照顾孩子了！

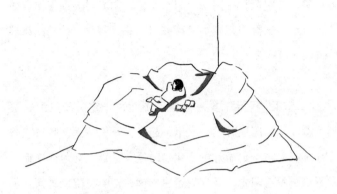

初夏午后,有些叶子是墨绿的,有些叶子是淡绿的,有些叶子简直是白的——那是因为它垂下来,让阳光从叶脉上滑过了。

后爸打了个呵欠,双手扶住藤椅背,舒一舒垫在圆凳上的双腿,直一直偎依着藤椅的腰背,一股酸乏劲儿从后颈直通到膝盖,让他打鼻孔里嗯嗯了两声。爬山虎和丝瓜藤长势正盛,在院墙和花架子上纠结交错,阳光已经须得拐弯抹角,才漏下来落在花圃上,落在鸡冠花、兰花、杜鹃花和那些斑驳的河石头上。

后爸想:到得深夏,花棚子下面,一定是既风凉,又晒不着太阳。深夏时候,家里一起坐在花架下面,听自己吹《红楼梦》,一定很好玩。深夏时候,几口人会怎么样呢?后爸抬头看着阳光,正觉得迷迷糊糊,却听见院墙对面,阿公在说话:

哎呀呀,你家里的这个藤长得好,都到我们家来了!
哈哈,这不是,邻里关系,又亲上加亲、锦上添花啦?
看看,我们家的猫,都可以在你们花架子上跑啦!
猫要跑,让它跑。人和猫,都长脚。早早晚晚都要跑!
为啥这么讲?
没啥,没啥。要不要过来下一盘棋?我这里,有送的雨前茶!
我在剥毛豆,剥好了就过来!今天我老婆汏了一整天衣裳，我帮帮她的忙！

好好！那我先去拿棋盘摆好！咱们就在花棚底下下棋，又风凉，又舒服…

你老婆哪？

去庙里面啦！今天四月初八！

他们那里说庙，就是养鸡场旁的蛤蟆庙。为何这么称呼？不知道，据说因为庙临水，周遭院子里，常有蛤蟆咯咯叫。庙里并没供蛤蟆，也没有供佛祖，只供着当地特产的两个大阿福泥人。大阿福并非神灵，只是两个喜笑颜开的胖孩子。为何供此物？不知道，据说最早这里供的观世音，十年前被砸了；此后重修庙宇，当地人也懒得再奉菩萨上去，就放两个阿福泥人吧。反正，拜忏看的是心意，菩萨宽宏大量，一定不会怪罪。

妈妈严肃地说完上一番话后，看着小伙子点点头，才放下心来来。

蛤蟆庙管事的不叫住持或方丈，只叫做当家。当家平时在蛤蟆庙里坐着，负责给居委会写一些文书，也管一管这里的香火。逢节日发放一些粥饭。比如,四月初八,庙里就要送粢饭。粢饭是当家自己做的:糯米饭,加一些白糖,裹了油条,捏成团子,吃的是团团圆圆。公主一口半个,吃得噎住脖子喘气,还嚷:

当家,我记得你捏过蛋黄馅饭团的!

当家挠挠头:

今年没做啊,下回吧——你们也是,我这里又不是饭馆子……

妈妈递给当家八个茶叶蛋,当家推托不要,说隔壁养鸡场老是送他鸡蛋,吃不完;妈妈说是自家养的,是个心意,当家挠着头,谢了收下。妈妈便提起,想问当家求个签,当家说签筒坏了——那本来也不是签筒,是个筷笼。当家说这几天忙,净准备粢饭了,也没找新签筒;当家说心诚则灵,不必求签。当家看着小伙子和姑娘,跟妈妈咬耳朵:

好相貌,好姻缘。

妈妈也悄悄地问:

他俩身高一样,会不会不合啊?是不是男的要高一点好?

当家说：
这叫一碗水平刹刹齐，心也齐来身也齐，不碍的，不碍的！

姑娘和小伙子并不知道他们在说什么，只顾看庙外紫栋花开。姑娘问小伙子：
你们乡下，花开了没有？
开了吧。
我什么时候好去看一看呢？

小伙子看看姑娘，姑娘睁大了眼睛。小伙子说：
就快啦，就快啦，不要急。
姑娘嗯了一声，小伙子看看她，又道：
对了。我前次回家，我妈妈说，她又梦见那只金凤凰了！

他们那里的菜市场，列在两座桥中间的河岸上，下了任何一座桥，就是菜市场入口。入口处，各有一个国营粮油商店，店员们满脸的铁饭碗表情，闲散自在，量米、量油，还带卖油豆腐和百叶结。蔬菜水果市场，交叠在入门处；卖猪肉的分踞一案，虎背熊腰的大叔或膀阔腰圆的大婶们，刀客般兀立，一派睥睨之态，俨然看不起蔬菜贩子们。卖家禽的常在角落，笼子里鸡鸭鹅交相辉映，带出家禽味儿——其实就是家禽粪臭味。河岸中间一段，是鱼摊子：卖鱼的诸位戴手套、披围裙，等着驳船把鱼直接运过来。鱼在大盆大槽里，水漫溢，鱼游动。你要鱼时，鱼贩子就飕一声，水里提起尾活鱼来：

鲜鱼！你看这鱼尾巴动这个力道！

妈妈就带着小伙子、姑娘和公主在菜市场巡行。公主看见糖人摊儿就走不动路：摊主背一个草垛，上插着七支竹签，糖人版的孙悟空、关云长、仙女、狮子、京剧老生脸谱、猫脸和鲤鱼跃龙门，阳光下半透明，微微泛黄。妈妈给公主买了串儿，让她到前头豆腐花铺子坐下：
你吃碗豆腐花，吃完豆腐花吃糖人；我们买好了菜，回来找你！

好！

他们那儿，豆腐脑叫豆腐花，用点嫩的豆腐，下在汤里，撒榨菜丁、虾干、葱，喜欢的还可以下酱油。豆腐花用喝的,捧个碗吸溜。早饭不爱喝豆浆的,常会喝豆腐花,配一个香菇菜包子。妈妈又去隔壁买了个萝卜丝饼——白生生一团萝卜丝和面糊糅合的,下到油锅里,滋沥沥转着发响动,须臾就出锅来了,滴着油,外酥里脆——用油纸裹好,给公主拿着,再跟摊主说一声:那么麻烦你咧。

好咧!

小伙子问:你妈妈怎么跟菜市场这么熟?
姑娘说:她平常日子,给菜市场当管理员。

妈妈就游刃有余的穿行在菜场人群里,时不时接过卖葱姜的山东贩子——不知道为什么,他们那里卖葱姜的,都是山东和徐州一带的人——白送的葱姜、卖油馓子的小贩刚炸好的一摞馓子。她教给姑娘:买黄鱼,要看鳞片是不是泛着金色,眼睛是不是亮;买猪肉,要看皮白不白,摸上去是不是粘手;以后啊,买杨梅也要记得,先翻翻篮子下面——许多黑心肠的贩子,把不好吃的杨梅搁在底下,紫红好吃的放在上面骗人。买黄鳝,要看表面滑不滑,动起来活不活,别看着黏黏的很恶心,越黏越活……师傅,来两条黄鳝!

卖鳝鱼的师傅，三柳长须，目光如神，看见妈妈，格外惊喜：阿姨来啦？好！

就扬手提起条鳝鱼，下刀，划剖，去内脏，快如闪电。姑娘和小伙子看着愣神，妈妈已经走到一边，跟位大爷说：

荸荠，削二十个吧。

在他们那里，马蹄俗称荸荠，清脆而甜，胜于梨子。但荸荠的皮难对付，所以菜市场里，专门有卖去皮荸荠的，比寻常荸荠贵些。妈妈找的这位大爷，常穿蓝布衣服和一顶蓝棉帽，戴副袖套，坐一张小竹凳。左手拿荸荠，右手持一柄短而薄的刀。每个荸荠，几乎只要一刀——左手和右手各转一个美妙的弧线，眼睛一眨，荸荠皮落。这一转飞神行空，瞬间就能跳脱出一个雪白的荸荠来，端的如诗似画。

妈妈分了八个荸荠让小伙子和姑娘吃，自己把剩下的十二个搁进篮子里。待吃完了，就又掏出钱来，跟小伙子说：

你呀，去那边买四个油煎饼去——一个带鸡蛋的。

好！

只剩下母女二人时,妈妈问:怎么买菜,都记牢了吗?

记牢了。但是,妈妈,教我这个是做啥?

你以后也要自己去买菜了呀。我以后就一个人买菜了。

妈妈叹着气,接着说:

我倒是想一直照顾你,跟你们一起,租个铁皮棚棚也好。但是你爸爸,心有些不定。你爸爸是在局里工作久了,戇掉了,以前是放不下架子;现在放下来了,孩子倒都要走了。本来,孩子大了,儿孙自有儿孙的福气,他呢,也晓得,终归放不下。我还是要照顾好他。

姑娘道:还好,不会住得很远。他们单位会给他分房子,这样子,平时来回也方便,礼拜天,也可以回来吃饭、帮忙……

妈妈道:住得近是一回事,你们回来看我们是一回事,但终究不住在一起了。你们自己要学会好好过日子。哎呀你不要眼圈红,还是一家人,我就是觉得你长大了,是要好好自己过日子了……哎呀,油煎饼买回来啦?不不不,这个鸡蛋的不是给我的!

黄昏了，妈妈在厨房教导姑娘：锅里油热了，下生姜，放下黄鱼，两面煎一煎，下十滴料酒，放酸菜，加水，烧到水开，放葱——这就是酸菜黄鱼汤了。五月里，就是要吃这个的。哎那边饭蒸好了，你先把蒸蛋给你姐姐端过去！

公主嚷道：哎呀阿妈，我不要吃蒸蛋了，今天蒸蛋放在爸爸那边吧——油煎饼那个鸡蛋，我吃得都噎了！

后爸和小伙子帮着摆完了桌，在院门口屋檐下看着黄昏的花圃花架子。后爸将下午和阿公一起喝雨前茶时灵感泉涌的对白整理了一遍，可是待要说时，又想不出哪句前哪句后了。吭唧了一会儿，他说：
哎呀，那个，架子上面，藤啊花啊，长得很好啊。

是，是好。
都是你，架子搭得好！
我只是搭了搭。是您一直浇水，照顾得好。
现在天已经有点热起来，到要中秋节的时候，一定长得更加好！——中秋节，你来不来？

小伙子看看后爸，抿着嘴，仿佛在品味着后爸递过来的句子；后爸说完了中秋节三个字，就已开始后悔，想一口把自己的话咬断吞回去，可是来不及了，只是后悔，觉得自己话又没说利落。提什么中秋节呀？催什么呀？真是！想好了一篇锦绣文章来表达友好，却搞得自己在催人家赶人家似的。后爸连忙放粗声音，豪迈地说：

都没什么嘛！都挺好的！啊！都挺好的！

小伙子默默点头，回了回头，看见姑娘如花笑靥，手里端着一大碗酸菜黄鱼汤：

我自己做的！——好来吃饭啦！

酸菜黄鱼汤很鲜美，弟弟用勺子喝得吸溜吸溜的，但小伙子这天吃饭喝汤，都略有迟疑。终于在这顿饭末尾，小伙子站起身来，道：

大叔，阿姨，我呀，前头一趟回乡下去，已和爸妈说过了。爸妈说道，现在春忙，总得都准备齐全了，才好意思进城来拜门。到事情办起来，总得到国庆节了。之后几个礼拜天，我怕也要常回乡下去……

姑娘怔怔地看着他,小伙子却只望着妈妈和后爸。后爸咳嗽了两声,想说话,妈妈拍了拍他的手背,就对小伙子说:

不要紧张,虽然是大事情,咱们缓缓地办。不要乱糟糟,出不了岔子——咱们是一家人了嘛,什么事情,商量着,慢慢来。

后爸如梦初醒般,立刻道:对!一家人了!一家人。可不是?一家人!

弟弟连忙连说带比划跟外婆说了,外婆听了,也和公主一起道:对嘛,一家人,不要急,不要紧张的!

小伙子这时才看向姑娘,姑娘立刻一转眼,开始看自己烹的那碗酸菜黄鱼——心里在数着:

他可不是还在看我?还在看我?哎呀!

妈妈忽然抛出了一个关键问题:那,你爸妈没有意见?他们都没见过我女儿吧。

小伙子冷静地说:我给他们看过照片了——我们一家人都看过了。

因为阳光太好,后爸移动了一下车,棋盘上的光影重叠便生变化。后爸说:现在就是这样子,大事么已经定了,小事么,嗯,再说,再说。哎,你吃五香豆呀!

隔壁阿公从棋盘旁碟子里拈了一颗五香豆吃了,又端起杯子喝了口茶,道:我看呀,这个挺好的。以后,你也好省心了。事情太多,人就要躁。不想了,哎,也没啥事嘛!

花棚里漏下的光影,晒着两个老头儿,灰白的头发都被晒白了。后爸看着隔壁阿公,忽然就笑起来:看我们这个样子,穿个汗衫短裤,真就像两个老头了。

隔壁阿公道:老头子就老头子。我家那个一直叫我老头子!这不是挺好?当老头子挺好的,可以享享福。

阿婆在晾衣天台,正哼着黄梅戏,听见天台楼梯声响,回头便看见了小伙子。阿婆哎呀了一声:你就是那个,那个那个,那个他们家的,就是我老头子说的,那个那个……
小伙子替她解了围:哎,是的呀,阿婆好。

不要叫我阿婆,叫我阿姨就好了呀!

阿姨好,阿姨好。

今天是你来晾衣服啊?你的那个,嗯,女朋友呢?她家阿姨呢?

她们去买糯米和赤豆了。

糯米赤豆,哦我晓得了!

阿婆站在一旁,看小伙子熟练地晾衣服,由衷钦佩似的道:看不出,虽然是男人家,手脚好灵啊……

啊,我从小就一直自己干活的。这种事情,用用心都会,不难的。

哦哟,好样的。啊哟,男人最怕的,不是懒,是不用心,又不讲道理。你看看我家那个,每天听他的《珍珠塔》,两脚一伸,啥事不做……

妈妈对姑娘说:叶子是要泡了再煮一煮的,这样比较结实;煮糯米的时候,加一点猪油,香!包粽子,你看好我的手势,要左手拿稳叶子,右手往里面放糯米,要稳,不要急,不要压太紧……

妈妈对姑娘说：包肉粽子，是要一点肥肉的，肉不好太精，不然不香……

妈妈对姑娘说：给人家送粽子，要用盆碗装，这是礼数，让人家拿了好直接蒸；不能太多，不然人家吃不了浪费，吃多了不消化……

妈妈对"烟九江由醋"的老板满脸堆下笑来，道：今年的粽子来了！

老板一口吐掉烟头，放下报纸，绕出柜台，双手来接：哎呀呀，今年又辛苦阿姨！

妈妈道：今年这三个，两个是我包的，一个赤豆的是我女儿包的。以后她说不好就不住这里了，这么多年也是大家照顾，一定要尽一份礼数……

老板便看看一旁脸上绯红的姑娘，点点头，道：阿姨，我都晓得！他姑娘，你的心意我也晓得！以后都看我！都看我！

妈妈边走对姑娘说：以后到了端午，就是你自己要去送邻里粽子了。要紧，一定不能漏了谁家。苏州人不是说吗，不吃端午粽，死了没人送。我看他们乡下，是很在意这个事情的……

姑娘点着头，挽起了衬衣袖子，道：妈，今年热得早呢！

夏天露了形影了。弟弟烧了一壶开水，然后接了一脸盆的自来水，把搪瓷杯浸在里头；等了会儿，没耐心起来，拿两个搪瓷杯，把水来回倒，边倒边吹气。吹凉了一杯，就倒在另一个小杯子里，给花棚下的公主递了过去。公主接过来谢了声，看着满头叶影，忽然说：

哎弟弟，你说，以后我们是不是就不叫哥哥，要叫姐夫啦？

弟弟得意地说：我在心里，一直就叫他姐夫！心里的话比嘴里的话更真诚，晓得吧？

船家少年将船停稳在桥洞下阴凉处，用水擦了擦甲板，铺开一张芦席，往上一躺，伸直脊背，叫一声：惬意！

船娘道：哎，我跟你说呀，阿姐这么跟阿哥在一起了，我们是不是要叫她阿嫂啦?

船家少年道：也可以改一改，叫我阿哥做姐夫。哈哈，要不然，我们叫阿哥做姐夫，叫阿姐做阿嫂!

船娘道：阿哥、阿姐、阿嫂、姐夫……哎呀我都被你弄乱了。你看你睡得像个蛤蟆一样!哎，你说这几天，阿哥老不在单位;个鲫鱼，什么时候给他们送去?还是直接送去阿姐，还是阿嫂家?

船家少年便笑道：我看啊，还是等明年这时候送——那时候，说不定阿嫂就要坐月子啦!

那也太急了!哪有那么快!
那，那就留给你吃，我看你还要快一些!

船娘便拿一瓢水，朝船家少年浇去，道：看你这个嘴!撕了才好!

阿婶对浇花阿伯苦口婆心地道：这是我给你泡的橘子皮茶，你好不好坐在屋子里喝一喝，不要去浇花啦？热天到了，花是要谢的呀。

浇花阿伯道：你说我要不要种石榴花？这样子，石榴花谢掉了，我们还可以吃石榴……你听说没有？门房那个小伙子，要和那个姑娘结婚啦！

租书铺子的阿姨在楼下道：我早就看出来了！我是一开始就觉得他们般配！

租书铺子的先生，坐在轮椅上，守着一个小桌子，上面排开一片玻璃杯，玻璃杯中是煮的大青叶汁，清淡茫远，别有香味。夏日来往的人口渴，就掏出分币来，喝一杯。书铺子先生道：我觉得很好。反正我是听说，她们厂里都觉得挺好。我怎么知道的？他去姑娘厂里，给我借《飞龙传》了！

扫地阿姐在阴凉处坐着解袖套，棋友小兄弟拿着大盖帽给她扇着风凉。扫地阿姐道：哎，你说阿哥和阿姐，是会在乡下办还是在这里办？要不然，我们和阿哥一起办？

棋友小兄弟道:我都跟船上那家说了,我们要不然在船上办,又风凉,又好玩……

扫地阿姐道:亏你想得出!我晕船!我吐了,你怎么办?你又不会游泳!你吃醉酒了,高兴了,跌到河里去,我怎么办?

姑娘道:这些衣服,反正夏天也不穿了,我给你收起来;你呢,带回乡下,或是放在这里,或是放在哪里,都随你便,好不好?真的没地方放,就先放我们家五斗橱,到冬天,我再给你拿出来。

小伙子道:好。

说这些话时,俩人正在门房间里,小伙子在给一季度仓库收支写报表,姑娘便一一打叠小伙子的衣物。收到一双棉拖鞋时,姑娘怔了一怔,记起那是她第一次在这里晒裤脚时穿的,脸便红了红。看看小伙子,见他没发觉,便觉心安;再收时,发现小伙子的衣箱里,整齐叠着条裤子,未曾穿动。姑娘提起来看一看,看到了自己的针脚。姑娘便问:

我给你补的这条,你后来一直没穿啊?

小伙子回头看了看,嗯了一声。

为什么呢?

你给我补的,我没舍得穿。

姑娘脸便又红了,咬着嘴唇笑了笑,道:啐,真是戆的。

正说时,只听到外头好几个声音拍手大笑,道:戆得好!戆得好!戆官人才是大元宝!

小伙子立起来张了张,笑了笑,道:他们几个,一起来了。

姑娘兴冲冲地说:今天上午呀,我们请了假,搭了伙,一起去太湖边上了!钓了鱼,吃了船家菜!湖上好风凉!我们还带回来这些银鱼,还有虾!好肥的虾!

妈妈看了看,道:好银鱼,我这就给你们银鱼炒蛋!

姑娘道：往年六月初四祭灶，是应该全家吃素的，吃素馄饨……

弟弟道：说得我也想吃素馄饨了，我还想吃咸鸭蛋和泡饭。

小伙子一边帮着拾掇银鱼，边说：我出差去南方，看见他们有些地方吃咸鸭蛋，不是像我们这样，敲破了空头，剥开壳，拿筷子挖里头蛋白蛋黄吃。他们是把咸蛋切开两半，挖着吃。

外婆说：吃咸鸭蛋，还是我们这里正宗——但是，还是高邮最正宗。我吃过高邮的咸鸭蛋，真是，蛋黄油酥酥的，红彤彤的，蛋黄落在泡饭里，都要散红油。以前没有解放，我们吃咸鸭蛋，就叫做，鸡蛋鹅蛋咸鸭蛋，打死鬼子王八蛋。

公主道：你们说得我也想吃咸鸭蛋！

妈妈道：今天有银鱼炒蛋了，还要吃咸鸭蛋！你们真的是，什么呀！

后爸在厨房外面愣怔了一会儿，道：你们不要都挤在厨房里，你们热不热呀？！

妈妈对小伙子道：你不要嫌简慢，不要嫌乱。我寻思着，夏天热，买了菜放不久，烧饭又热，大家也吃不下。今天又是谢灶王爷，本来应该吃素的。所以，就吃点稀饭，吃点咸菜豆芽、萝卜干、豆腐乳、咸鸭蛋，配个银鱼炒蛋了。虾呢，就是加点生姜，煮了一煮，淡是淡了点，鲜虾么就是这样。一歇儿吃完了饭，大家吃西瓜！

小伙子道：很丰盛啦！我们乡下也这么吃的！六月天，热，大家也吃素的。

到吃完饭，后爸已经将西瓜切成一牙一牙，细密密摆开在大白瓷盘里，放在了花棚架下，在花棚旁边点起了蚊香。公主先抢起来一片，吃得满嘴满手。后爸生气了：真是没出息！吃个西瓜还抢！看看面孔上！

小伙子道：我们乡下，还吃西瓜皮。是把瓜瓤吃掉了，把这些带纹路的绿皮也刮掉，再洗洗干净，切成丝，蘸酱油。味道，跟莴苣有点像。配上绿豆粥，很清爽。

月亮上来了，一家人在花棚下坐着竹凳乘凉。母鸡在鸡窝里咯咯嗒叫。插下的竹子长了些出来,叶影投在墙上。蚊香味道袅袅不止。忽而头上花影扑簌簌几下,大家抬了抬头,听到院墙对面,隔壁阿公道:

小心,我们家猫又过来了!——它近来吃得好胖呀!——你们又在乘风凉啊?要不要我带一些茉莉花茶过来一起吃啊?

好呀!

隔壁阿公顿了顿,又问:哦哟哟,对了,新郎官在不在那厢啊?哈哈哈!
姑娘红着脸道:阿公,你又来胡说了!

阿公不答话,只曼声唱道:珍珠塔,稀世珍!
价值一座襄阳城!
珠塔有价来,情无价!

姑娘对妈妈说:妈,我睡不着。
妈妈说:怎么了?天是太热了吧?

姑娘说：不是的。你说，他真的是乡下人吗？

妈妈说：真不太像。斯斯文文的，又干净，又读书。讲话的口音，也像是城里人。不过，乡下人也没事。

姑娘说：哎，乡下人以后住在城里，也就是城里人了吧。

妈妈说：啊，其实我们家以前也是乡下人——现在的城里人以前都是乡下人。不碍的。

姑娘说：他这几天又回乡下了，我在想，我都没去过乡下。他说他爸妈会来拜我们，可是……乡下什么样子啊？

妈妈翻个身说：要不然，我们去乡下，探探他？

姑娘说：探？

妈妈说：就是去看一看，看了就回来。

姑娘说：就偷偷摸摸地，去看？！

妈妈说：我们又不是特务！不偷偷摸摸！我这是，去看女婿！

姑娘记得小伙子说：

坐公共汽车，到机床厂，过了河，走一程，会看见路边的一个红烧大肠面店，老板站得笔直，好像个当兵的；沿着河走，看河分叉便向左，自然看得见一片所在，河弯成一个之字形，鸭和鹅就在河里泛着。

可是，坐了很久的公共汽车，坐到妈妈心生疑惑。路边的楼房越坐越矮，车里的乘客越坐越少。太远了，远得妈妈问司机：师傅，没开错地方吧？

师傅左手拿起蒲扇扇了扇，擦了擦汗，说：这不，就到机床厂了吗？

母女二人下了车，又走了很久的路，妈妈的疑惑像卡车驰过的尘烟一样升高。妈妈问姑娘：这地址没错？女儿嘴唇红扑扑的，挽起了袖子，拿手背擦汗：没错啊！

走过了一面工厂的围墙，前面是一条碎鱼鳞闪亮、半边蓝半边绿的河，河上有灰点和白点。细看来，蓝是天，绿是樟树，灰是鸭子，白是鹅。河旁边的石头，强壮的阿姨们蹲着，擦刷擦刷的洗衣服。再往前，是一片油绿泛黄的菜田，大片的狗尾巴草和喇叭花。

妈妈和姑娘沿河走,远远看见一片平房木屋,这儿一排,那儿一排。墙是红砖砌,门是木框拦着,叉竿顶着窗,深油黄色。家门前晒着青豆,门框上挂着鱼。那时过了午,烟囱里灰青烟一片片。妈妈问姑娘:是哪家?姑娘正在想,耳朵被刺了一声:

啊呀!
喊完这一声,一个矮小的身影从河旁树丛里窜出,在阳光下撒腿飞跑,一路踩着花和草,往木屋那边去了。妈妈和姑娘正愣着,猛听见木屋前一声尖叫:

妈,哥哥的女朋友来啦!

说时迟那时快,一栋木屋里,嗖飞出一条青色人影,一道烟急速奔来。妈妈猛可间觉得不对,一拉姑娘,一捂脸,转身便跑。耳听得背后呼呼风响,一道新生姜似的脆辣辣的声音,在背后炸出来道:

哎呀呀,他阿姨,你来啦!来得好啊!来得好!!
很多年后,姑娘认为:那段羞臊的路程,跑了准有几百

里。耳边呼呼风响,时间无比漫长。但饶是如此,她和她妈妈还是被一双大手揪住了。后来,她问过小伙子,小伙子的妈妈——一个青对襟衣服、黑布裤、黑布鞋、貌不惊人的矮瘦妇女——哪能在河岸上奔走如风、硬把母女俩追上的,而且,怀里还揣着五个煮鸡蛋?——一抓住她们,还立刻把怀里帕子包的煮鸡蛋,硬塞到姑娘和妈妈手里:

哎呀呀,他阿姨呀!太好啦!太好啦!!他去他姐夫家里看录音机了!一会儿就回来!!你们快来家坐坐!!

乡下吃饭很早,黄昏没到,各家就在场院晒的青豆旁排开了饭桌,就像运河那些驳船人家。河塘里的鸭和鹅往家走。妇女们扯起嗓子,叫菜田、沙堆、井旁边乱跑乱叫、挖笋挖萝卜的孩子:吃饭!!

小伙子的妈妈红着眼睛从灶间里出来,一再地抱歉:家里还是烧柴草的大炉灶,连煤球炉都没有,不好意思啊,让你们看笑话了……你们去看会儿电视机吧!黑白电视,声音倒是好的!

小伙子笑说：妈，你别管了！

小伙子的爸爸，那年刚过六十，耳朵已经听不大清了。他笑眯眯地把热好的黄酒斟给客人，笑眯眯地把炒好的花生放上饭桌，哑着嗓子嘎嘎笑两声，自己先喝了一口酒。头顶的樟树发出簌簌声。小伙子的妈妈殷勤布着菜：这是肉酿面筋！我们这里粗切细斩的肉，也不晓得你们城里人吃不吃得惯！这是蛋炒饭，我们用猪油炒蛋炒饭的，也不晓得你们城里人吃不吃得惯！这个是蟹粉蛋，我们乡下是蛋白蛋黄混一起炒的，炒得有些碎，卖相不好看！这个是炒虾仁！这是神仙汤！这个是我们自己的酒酿，好吃是谈不上的，他阿姨，您吃个凉快吧！

很多年后，妈妈这么跟姑娘说：

他家的肉酿面筋，肉是斩开来，粗粗切的，这样的人家，不吃千刀肉，不会太算计；他们家的蛋炒饭，虽然是鸡蛋炒好了铲子切块，跟米饭混炒的炒法，不精细。但是呢，炒饭时，放了好多的蛋，比饭都多！——说明他们家不克扣你，虽然只有鸡蛋，到底还是把那些蛋都舍出来让你吃了。炒虾仁，虾不多，但很肥，很鲜嫩入味，是专门用小锅炒来，让我们吃新鲜的他们家的酒酿，味道很浓，又甜，是很舍得放料，很爽快的人家——应该是好的。

在樟树下场院上，大家就这么吃着饭。邻居纷纷大叫：好漂亮的女朋友啊！城里的女朋友啊！！有邻居就捧着饭碗拿着筷子，边扒拉青豆和鱼肉，边走过来跟姑娘问好，然后用脚轻踢小伙子的踝，挤挤眼睛，哈哈地笑。大家纷纷拿着酒碗来和小伙子的父亲碰，又端自家的鸡胗、鸭翅膀、鱼头汤、粉皮、蘑菇来给姑娘吃，姑娘有些愣神，心想：

乡下人请吃东西，是这么凶的呀！

吃完饭后，夕阳还没下去，只是把线条抖落了，变成了一片甜软如黄酒的云。两个年轻人的妈妈一起聊着事，聊着白露之后进城拜门的事，聊着今后在城里安家落户的事，聊着给你家添麻烦了哎呀哪里呀他阿姨不要客气来喝点酒酿哎呀呀不要了我都吃醉了哎呀他阿姨不怕不怕我们已经收拾好房子了今晚就住在这里明天我们儿子和你们一起回去……

而两个年轻人，互相牵着手，出去溜达。在城里，他们不太敢牵手，但在乡下，似乎怎么都无所谓了。

很多年后,他们对那天的细节把握不甚清楚,有时是这一种说法,有时是另一种说法。也许是他们都忘记了,也许是他们不想让我知道那天他们究竟说了什么。我从三十二年后的现在,看那个一切尘埃落定的黄昏,他们的身影就融化在黄昏的光芒里,两个人都披着红烂烂的光,就像——那个报信的矮个子身影嚷嚷的:

新郎官人,新娘子!

我听到的一种说法是，小伙子就坐在河边，指点给那个姑娘看，说他小时候在这桥边捉癞蛤蟆，如何一口气捉了五六只；小时候在这河里淘米，如何掉进河里，被父母训了顿；小时候在这石头上坐着钓虾，钓了虾又是如何从机床厂墙洞里钻去，偷了起火的材料烤虾吃。小时候他怎么挖萝卜、挖菜根，如何用火烤花生，听见噼啪做响的声音，闻见那些香气。

他说他要买一台日立电视机，要买一个五斗橱，要买一个沙发，上面放一张绣着孔雀的毯子；他说他要买一个茶几放在沙发旁，茶几上面放盆景。他说缝纫机最好放在床尾，底下可以堆衣柜。最后他认真地说：

将来有了孩子，可以叫张佳玮——玮这个字，是玉的意思。男的女的，都可以叫这个名字。

我听到的一种说法是，听了这番话，姑娘感到整整二十四年以来，从所未有的害羞，从所未有的幸福。她觉得近在这个夏天就将到来的、未来的生活，被小伙子这么一描绘，烂漫如眼前所见的云锦夕阳。她被这种突如其来的幸福

感吓了一跳,都来不及细思考儿子或女儿叫张佳玮有什么不妥,只是说:

啐,真是脸皮厚!

[全文完]

后　记

于我而言，《爱情故事》完全是个神话。读完这个故事的诸位，多半能理解：其中的情节，发生在我出生前；于我而言，这是个创世的故事。我写这个故事，一如先民们必须描述盘古开天。是的，对我而言，这就是个神话。

我亲耳与闻的神话主干剧情，其实只有两段。一是本书男主角——我的父亲——被我外公棍打之后的姿态；二是本书女主角——我的母亲——与她的母亲偷偷摸摸下乡去，被我奶奶追赶的场面。长辈说起这些事，当做戏谑笑谈，这是那一代人独有的精神：他们吃了许多的苦，已经不以为苦，还能够微笑。因为于他们而言，这毕竟是个喜剧。

大概三年前，2012年春天，我暂离上海，在日本横滨的山下公园旁，与女朋友同吃章鱼烧时，看到一对老年夫妇互相扶持着路过。我与女朋友想象起了他们的生活日常，他们早年的爱情故事。然而我们的生活履历有限，所猜测的依据，也无非是日剧里看来的段落。也就在那天，我想起自己的父母，以及他们的爱情故事。除了那些被他们当做喜剧谈论的场面之外，还有什么呢？

于是我写了一个故事。除了两个关键情景外，其他出于我的想象。自然，这些想象并非空穴来风：我认识这个故事里出现的所有人物，记得他们的音容笑貌与谈吐。当我需要写一句对白时，他们的声音便会出现在我耳边。这个故事写完后，我重读一遍，发现有许多本不必要的细节：关于自行车、玉兰饼、馄饨、汤包、运河、驳船、棕绷床、夏日的花圃、老式录音机。我觉得，促使我写作这个故事的动力也许不止我的父母，还有可能，是我想家了。这些零碎的、我一写下来便能映现在我眼前的细节，是岁月本身的首饰。

2015年2月，我在巴黎漫长的晚冬时节里，重新写这个故事。最后完成品的篇幅，是三年前那个短篇的十倍。于我而言，这是种自我治疗。海明威说过："离开了巴黎我才能写巴黎"。对我而言，亦是如此：似乎只有离开了无锡，我才能写无锡。

小说里涉及的主干情节，依然是业已发生的历史；而许多其他，如上所述，出于我的想象。那位钟爱珍珠塔的阿公，那位后来成为我姨夫的送花生者，那位如今是我舅舅的、女主角的弟弟，我虚构了他们的言行。我的父母从未提起过他们乘凉的场景，那在花棚下吃西瓜的夏日，是我九岁时的记忆。那位卖荸荠的老人，那位蛤蟆庙的当家，都是我长大后亲眼见到过。我觉得他们理该在故事里有一席之地，这大概是虚构故事者的权利。

书中绵延一年的节庆饮食风俗，一半是确有其事，一半是我故意为之。我的上一两辈人，吃了许多苦，然而常保有江南民间的安分守己。吃到好韭菜，吃到好梅花糕，便足以让他们满足。他们的爱情、哀伤、愤懑与欢乐，都与饮食有关。与此同时，我也需要在巴黎的冬日里，给自己画饼充饥一番：写着这些，便觉得仿佛自己也能吃到似的。

全文的对白没有双引号，既是为了文句节奏，也是想陈述这么个事实：他们的对白，出于我的想象，也可以看做是我个人的梦话。很遗憾的是，我的长辈们本来有更活泼鲜明的对白，用的是吴侬软语，尤其是我的外婆，更是吴方言各类妙言粗口的民间瑰宝，但限于书面文字，我也只能写到这样了——要写成《海上花列传》那样纯吴语对白，我的吴语功力还不够。在这里，我愧对教我无锡话的诸位长辈们。

书中出现的后爸，即我的外公，在其晚年，曾试图以文言文为他父亲做传，嫌其父事迹不够昭彰，便央我添油加醋几句。也是从那时起，我意识到，寻常百姓其实也有将自己的故事书之竹帛的愿望，只是他们大多深自谦抑，写写日记、收个相册便算了。但这样的故事，总也该有人写下来。对酷爱戏剧性的读者而言，这部小说谈不上有刺激的情节，也没有复杂深刻的人物。从头到尾，也只是一个乡下进城的年轻人融入一个小市民家庭，并最终谈定婚姻的故事。这样的故事，在三十年前的江南，想必数不胜数。然而以我所见，故事存在的价值，并不单悬于其戏剧性。上一代人的故事可以有另一种记录方式。无论多么平凡，那是属于他们的、独一无二的史诗，是他们的桃花源传说。

我们无法挽留流逝的时光，但只要过去的一些人，一些故事，一些河流，还在故事里流淌，那我写的字大概就有价值了。

当然，出于个人私心，这个故事还是有些过于理想。过去的年代诚朴简单些，但也并不全然如故事中所写的这样。但一切神话自有其不现实的一面。读者诸君可以将此视作我的一点软弱。我还是希望我的父母、我自己以及读者诸君，能够生活在，或者在阅读时，想象自己生活在这样一个环境里。我们这个民族从来不缺少宏图大志、年少气盛、热血澎湃，那么，请允许我给我的父辈，留一小片江南河流旁，一个小院子里的饮食、碎语与爱情故事。

张佳玮
2015年7月15日，于巴塞罗那

图书在版编目（CIP）数据

爱情故事 / 张佳玮著. —— 上海：华东师范大学出版社, 2019
ISBN 978-7-5675-9210-0

Ⅰ. ①爱… Ⅱ. ①张… Ⅲ. ①中篇小说—中国—当代
Ⅳ. ①I247.5

中国版本图书馆CIP数据核字(2019)第087085号

爱情故事

著　　者	张佳玮
责任编辑	顾晓清
封面设计	何月婷
出版发行	华东师范大学出版社
社　　址	上海市中山北路3663号　邮编　200062
网　　址	www.ecnupress.com.cn
网　　店	http://hdsdcbs.tmall.com/
邮购电话	021 - 62869887
印 刷 者	杭州日报报业集团盛元印务有限公司
开　　本	787×1092　32开
印　　张	5.5
字　　数	100千字
版　　次	2019年7月第1版
印　　次	2019年7月第1次
书　　号	ISBN 978-7-5675-9210-0
定　　价	39.00元
出 版 人	王　焰

（如发现本版图书有印订质量问题，请寄回本社市场部调换或电话021-62865537 联系）